엄마의 이름

권여선 소설
박재인 그림

엄마의 이름

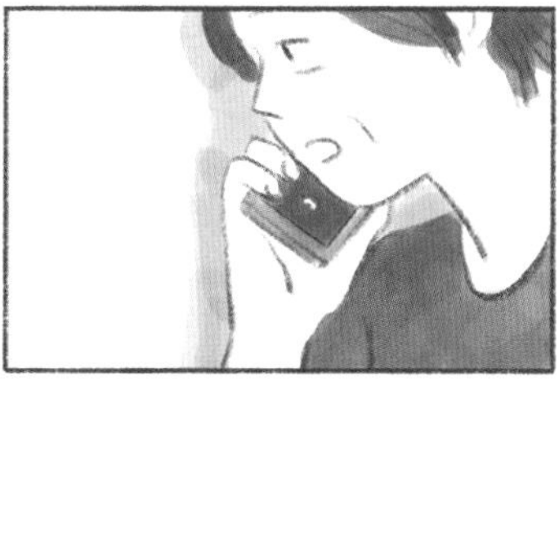

창비

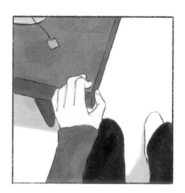

차 례

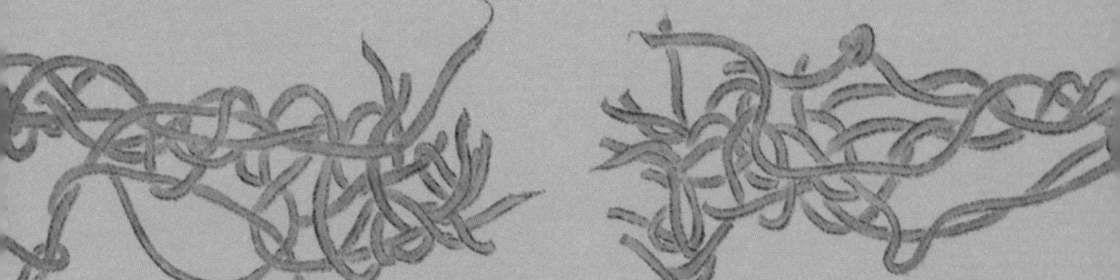

채운

1

채운에게서 전화가 걸려 왔을 때 반희는 발톱을 들여다보고 있었다. 왼쪽 둘째 발톱 끝이 탁한 우윳빛이었다. 노화 때문일 수도 있고 무좀 초기 증상일 수도 있었다. 체육관에서 반희는 운동화를 신고 일했고 샤워실과 탈의실을 청소할 때에도 슬리퍼를 신었다. 앞이 트인 슬리퍼라 문제였을까. 반희가 왼발을 가까이 당겨 들여다보다 멀리 놓고 보

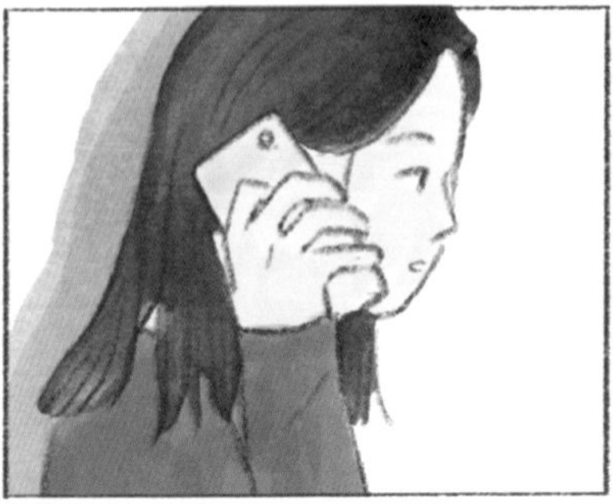

다 하는데 휴대 전화 벨이 울렸다.

뭐 해?

채운이 물었다.

그냥 있어. 너는?

반희의 물음에 채운은 곧바로 대답하지 않았다.

기분 안 좋아?

요즘 항상 기분이 별로야.

밖에 못 나가서 그런가 보다. 다들 우울하다더라.

채운은 다시 잠자코 있었다. 반희 생각에 이건 그냥 안부 전화가 아니라 할 말이 있어 건 전화 같았다. 반희는 채운이 말을 꺼내기를 기다리며 발톱을 내려다보았다. 아무래도 무좀이 맞나. 탈의실의 축축한 발깔개를 디뎠을 때 깔개가 머금고 있던 물기가 슬리퍼의 트인 부분으로 스며들고 습기 속 세균이 양말에 침투해서…….

원래 이번 주 토요일이…….

목이 잠긴 채운의 목소리가 들려왔다.

……날이었어요.

반희는 이게 무슨 말인가 싶었다. 아니, 무슨 이런 말이 있나 생각했다. 이번 주 토요일은 아직 오지도 않았는데 채운은 이미 지나간 날처럼 무슨 날이었어요,라고 했다. 그것도 평소에 잘 안 하는 존댓말로. 반희는 이번 주 토요일이 무슨 날인지 생각해 보았다. 채운의 생일도, 명운의 생일도, 병석의 생일도 아니었다. 채운이 알 리 없지만 그들 부부가 결혼한 날도 이혼한 날도 아니었다. 그러니 그게 무슨 날이든 반희 자신과는 아무 관련이 없는 날일 것이다.

그런데 취소됐어.

아. 그제야 반희는 이해가 되었다.

생일이나 기념일처럼 정해진 날이 아니라 무엇을 하기로 예정한 날이었다가 취소가 되어 무슨 날이었던 것이 된 것이다. 요즘은 다 그랬다. 뭐든 취소되고 뭐든 문을 닫았다. 반희가 일하던 구립 체육관도 무기한 휴관에 들어갔다. 휴관하기 전까지 체육관은 코로나19가 아닌 무좀과의 전쟁을 벌이고 있었다. 주민들로부터 체육관 이용 후에 발톱 무좀에 걸렸다는 항의가 빗발쳤다. 그때만 해도 코로나19는 먼 위협이었고 발톱 무좀은 코앞의 적이었다. 관장의 특별 지시가 떨어진 후 헬스 팀장은 조회 때마다 질병관리본부의 용어를 모방해 밀접 접촉이 어떻고 감염 경로가 어떻고 떠들어 댔고, 틈만 나면 청소 미화원들을 붙들고 고충을 늘어놓았다.

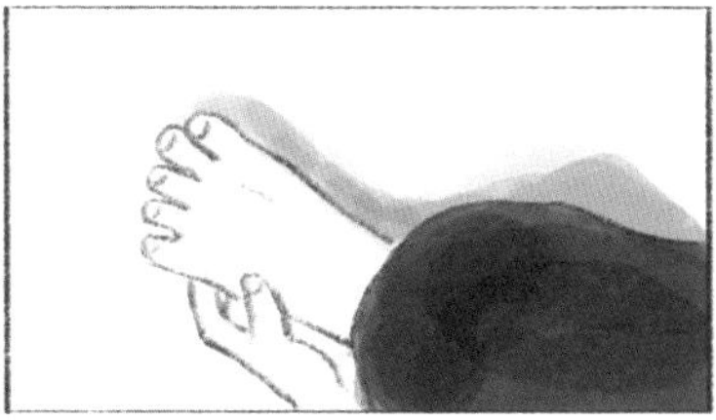

여사님들, 우리가 뭐 진단 키트가 있는 것도 아니고 감염자들을 무슨 수로 잡아내요? 무좀에 걸린 인간들이 버젓이 체육관에 와서 운동하고 샤워하고, 거기까진 좋아. 발을 아무 데나 비비고 그 발을 손으로 만지고 그 손을 수건에 닦고 그 손으로 드라이어 만지고 발톱을 드라이어에 대고 말리고, 이게 참 공동 생활 수칙을 위반해도 너무 심하게 위반한 건데 아무리 써 붙여 놔도 안 지키기로 작정한 인간들은 안 지킨다고. 그런데 여사님들은 진짜 무좀균의 진원지가 뭐 같아요? 대여하는 수건이나 운동복은 별문제가 없다고 나왔는데 탈의실 발깔개가 문제일까나? 그걸 당장 없애고 싶어도 그러면 또 손님들이 미끄러져 뇌진탕에 걸리네 어쩌네 하니까 내가 미치겠는데, 플라스틱 발깔개로 바꾸면…….

그날이 무슨 날이었는지 엄만 모르지?

채운의 말에 반희는 정신을 차렸다. 아, 토요일.

모르지.

결혼식 날이었어요.

반희는 가슴이 턱 내려앉았다. 또 존댓말이었다. 채운의 나이 스물다섯, 비록 반희가 눈치채지 못했어도 채운에게 사랑하는 사람이 있고 둘이 차근차근 준비를 해 왔다면 이번 주 토요일에 채운이 결혼 못 할 이유는 코로나19 외에는 없었다. 반희 자신도 병석과 스물다섯에 결혼했다. 문득 반희는 자신이 채운에게 어떤 존재일까, 무엇을 기대하거나 요구할 자격이 있을까, 생각했고 그런 생각과 동시에, 스스로를 달래려는 건지 뭉개려는 건지 모를 생각들, 채운이 결혼을 하든 말든 그게 무슨 상관인가, 채운의 삶은 오로지 채운의 것일 뿐인데, 하

는 생각도 했다. 하지만 이번 주 토요일이 결혼식 날이었다는 말에 반희가 눈앞이 흐릿해질 만큼 충격을 받은 건 사실이었다. 발톱 모양도 잘 보이지 않았다.

누구 결혼식이었는지 안 물어봐?

누구?

반희는 애써 밝은 목소리로 물었다.

설마 채운이 너니?

나? 미쳤어? 어떻게 내 결혼식 날을 엄마가 모를 수가 있어?

채운이 펄쩍 뛰는 바람에 반희는 기뻤고 대번에 여유를 찾았다.

음, 그럼 누굴까?

채운이 아니라면 누구여도 상관없었다. 설사 명운이라 해도.

아빠!

웃음이 터졌다. 이번 주 토요일에 이병석이 결혼을 하려 했구나. 그런데 하필 이런 재난 탓에 취소가 되다니.

웃는 거야? 엄마는 이 상황이 웃겨?

그래, 엄마는 이 상황이 웃긴다.

이렇게 말하고 반희는 자기도 모르게 입술을 깨물었다. 뱉어 놓은 말을 얼른 치우려고, 그래, 나는 이 상황이 웃긴다,라고 정정해 말했다. 채운은 또 침묵을 지켰다. 채운이 요즘 항상 기분이 별로라고 한 게 병석의 결혼 때문이었을까. 그러니 반희가 두 번이나 웃긴다고 말해서는 안 되는 거였을까.

잠시 뒤 채운이 엄마, 하고 불렀고 반희가 응, 했다.

상황은 좀 안 좋아도…… 여행, 갈까?

여행은 무슨? 식도 못 올렸는데 여행은 더 무리지.

뭐라고?

나중에 상황 가라앉으면 천천히 식 올리고 가겠지.

아니, 아빠 말고 우리.

우리?

반희는 숨이 약간 가빠졌다.

우리 둘이 여행 가자고?

엄마도 쉬고 나도 쉬고 이런 날이 또 언제 오겠어? 한적한 데 가서 가만히 숨만 쉬다 오면 괜찮지 않을까?

나는…… 글쎄…… 채운아…… 글쎄…….

더듬거리는 반희와 달리 채운은 갑자기 말이 빨라졌다. 강원도 깊은 산골에 자기가 아는 펜션이 있다고, 차 몰고 갔다 차 몰고 오면 된다고, 거기서

는 밥도 해 먹을 수 있어서 밖에 나올 일이 없다고, 꼭꼭 숨어서 아무도 안 만나고 그 근처만 산책하고 그렇게 딱 하루만 지내다 오면 괜찮지 않겠느냐고 했다.

딱 하루만?

응, 딱 하루. 그러니까 일박 이일.

생각해 볼게.

전화를 끊고 반희는 여행에 대해서보다 자신이 전화로 한 말들을 먼저 돌아보았다. 너무 많은 말을 한 건 아닌지, 아니면 너무 적게 하려고 애써서 채운을 서운하게 한 건 아닌지, 혹시 쓸데없는 말을 하지는 않았는지. 반희는 다른 사람들과의 관계에서는 이런 점검을 하는 자신이 싫었고 하지 않으려 노력했다. 하지만 채운에게는 그러지 않았고 그러지 못했다. 자꾸 살피게 되었다. 채운이 알지 모

르지만, 반희가 자신을 '엄마'라고 칭하지 않고 채운을 '딸'이라고 부르지 않는 것도 그런 살핌의 일종이었다. 가끔 오늘처럼 실패하기는 해도.

반희는 채운이 자신을 닮는 게 싫었다. 둘 사이에 눈에 보이지 않는 닮음의 실이 이어져 있다면 그게 몇천 몇만 가닥이든 끊어 내고 싶었다. 그래서 결국 둘 사이가 끊어진다 해도 반희는 채운이

자신과 다르게 살기를 바랐다. 그래서 너는 '너',

나는 '나'여야 했다.

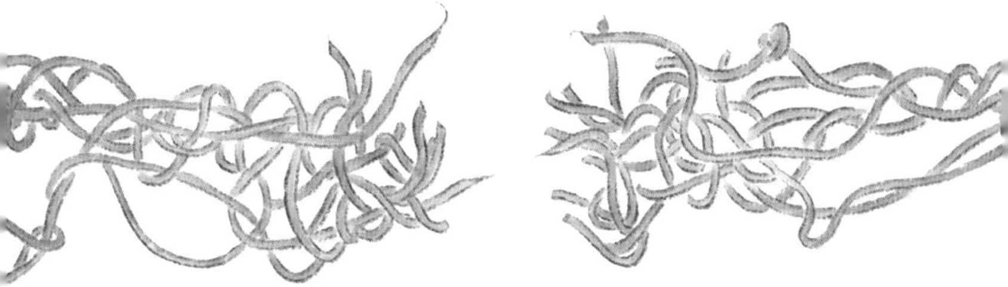

2

차를 몰고 주택가 골목으로 접어들던 채운은 대로변에 서 있는 낯익은 실루엣을 발견했다.

뭐야, 엄마야?

이미 꺾은 터라 좁은 골목에서 차를 돌리기가 힘들었다. 채운은 옆 건물에 차를 붙여 세우고 차창을 내렸다.

엄마!

반희가 두리번거렸다.

엄마! 여기!

채운이 차에서 내리며 소리치자 그제야 반희가 알아보고 다가왔다. 양손에 무거워 보이는 짐을 들고 있었다. 채운이 트렁크를 열고 반희가 들고 온 짐을 받아 넣었다.

뭐 이렇게 무거운 걸 들고나와 서 있어?

여기 길이 좁으니까. 거기 작은 봉지는 넣지 말고 나 줘.

작은 봉지에서 고소한 참기름 향이 났다.

길이 좁으면 뭐? 차 못 들어가는 길이야?

마주 오면 비키기 힘들 때 있어. 근데 이 차는 못 보던 차다.

렌트했어. 거기 펜션 들어가는 길이 좀 빡센 비포장이라서.

채운은 운전석에, 반희는 작은 봉지를 들고 조수석에 탔다. 채운은 반희가 안전벨트 매기를 기다렸다가 새끼손가락을 내밀었다.

엄마, 출발하기 전에 우리 몇 가지 약속을 하자.

반희는 묻지도 않고 순순히 새끼손가락을 걸

었다.

첫째, 여행 내내 폰 꺼 놓기.

그거 좋다.

반희가 새끼손가락을 까딱 움직였다.

둘째, 서로 친구처럼 누구 씨 누구 씨 하고 이름 부르기.

채운 씨 이렇게?

응. 나는 반희 씨 이렇게.

그것도 좋다.

또 까딱.

엄마가 좋아할 줄 알았어. 아니 반희 씨가…….

채운은 헛기침을 하고 말을 이었다.

셋째, 이게 마지막인데, 맛있는 거 많이 해 먹기.

좋다, 좋아.

두 번 까딱 까딱.

내가 운전하니까 요리는 반희 씨가 더 많이 해야 할 거야.

그러지 뭐.

새끼손가락을 풀고 채운이 차를 출발시켰다. 좁은 골목을 디귿 자로 돌아 나와 대로에 합류할 때 반희가 짐짓 예의 바르게 말했다.

차가 큰데도 운전을 잘하시네요, 채운 씨.

이게 그야말로 눈물겨운 훈련의 결과입니다, 반희 씨.

차 몰 일이 그렇게 많아요, 채운 씨?

내가 막내니까 늘 내가 몰지요.

뭐? 아빠랑 명운이 놔두고 맨날 네가 몬다고?

그게 아니고 일할 때, 일할 때.

아.

우리 팀에서 내가 막내거든. 이쪽이 차 몰 일이

좀 많아? 헌팅 갈 때는 엄청 빡센 길도 가고 촬영 갈 때는 이것보다 엄청 큰 차도 몰아.

그렇구나.

내가 공부는 못해도 몸 쓰는 일은 좀 하잖아? 근데 반희 씨, 조금 전에 화내려던 거 맞지?

맞아.

아빠랑 오빠 괜히 억울하겠다.

음, 이번엔 좀 미안하네.

우리 있잖아, 아빠랑 오빠도 이름 부를까? 병석 씨, 명운 씨 이렇게.

그러자. 그래야 내가 흥분해도 감정의 거리가 생길 것 같네.

세상 모든 사람에게 공평해지는 게 좋지.

반희가 채운을 보았다. 채운은 반희가 바라보는 시선을 느끼고, 내가 좀 멋진 말을 했나 싶어 어깨가 으쓱했다. 톨게이트를 빠져나오고 얼마 지나지 않아 반희가 손을 들어 오른쪽 차창 밖을 가리켰다.

저기 봐 봐. 참 예쁘지, 채운 씨?

와, 죽인다.

오른쪽 도로변이 온통 벚꽃 천지였다. 채운은 힐끔 왼쪽을 보았지만 그쪽엔 벚꽃이 없었다.

근데 왜 엄마 쪽에만 폈을까. 아니, 반희 씨 쪽에만.

내 쪽에만 펴서 분해?

아니, 불공평하잖아.

내 생각에는 처음엔 양쪽 길에 공평하게 벚나무를 심어 놨는데 도로를 확장하거나 그런 이유로 채운 씨 쪽을 베어 냈을 가능성이 높아.

그럴 수도 있겠네. 근데 엄마 밥 안 먹었지? 아니, 반희 씨.

채운이 씩 웃으며 쉽지 않네, 했고 반희가 억지로는 하지 말고 재미로 해, 했다.

아무튼 반희 씨, 중간에 휴게소에서 한번 쉬자고.

휴게소에 못 들를까 봐 김밥 싸 왔는데.

반희가 들고 있던 작은 봉지를 달싹거렸다. 옅은 참기름 냄새가 풍겼다.

뭐 하러 힘들게?

일찍 눈이 떠져서 세 줄만 말아 왔어.

그들은 70킬로쯤 달려 휴게소에 도착했다. 채운이 주차장 한적한 자리에 차를 세웠고 반희가 작은 봉지에서 김밥 도시락을 꺼냈다. 채운은 반희가 말아 온 김밥을 보고 이게 눈이 일찍 떠졌다고 뚝딱 말 수 있는 수준의 김밥인가 의심했다.

진짜 맛있다.

천천히 먹어.

그들은 뒷좌석 차창을 조금 내리고 반희가 가져온 보온병의 옥수수차를 마시며 김밥을 먹었다.

근데 반희 씨도 그래?

뭐가?

아빠 말이야, 아니, 병석 씨 말이야. 뭘 먹어도 예전 맛이 안 난대. 이거 먹어도 예전 같지 않네, 저거 먹어도 예전 같지 않네. 병석 씨 환장하는 단골

식당 육회 있지? 그거 먹고도 아, 이것도 예전 맛이 안 나는데 그러더라고.

단 하나의 처방이 떠오르네.

뭔데?

입맛이 돌아올 때까지 굶기는 거.

맞다 맞아, 아빠는 좀 굶겨야 돼. 점점 배가 나와.

김밥을 다 먹고 반희가 말했다.

그런데 어떡하지? 내려야겠는데.

내리면 되지 왜?

안 내리려고 김밥 싸 왔는데 화장실에 가야 하게 생겼네.

뭐 어때? 같이 내리자. 나도 커피 테이크아웃 할 거야.

그들은 마스크를 쓰고 차에서 내려 휴게소 건물을 향해 갔다.

반희 씨도 마실 거지? 두 잔 산다, 핫으로.

채운의 말에 반희가 머뭇거렸다.

먹고 싶긴 한데……. 자꾸 화장실 가게 될까 봐.

그냥 마셔. 이제 얼마 안 남았어. 차 안 막히니까 금방 갈 거야.

그럼 먹을게.

채운은 커피 두 잔을 사서 화장실 앞 벤치에 앉아 마스크를 내리고 자기 몫의 커피를 조금씩 홀짝이며 반희를 기다렸다. 커피는 뜨겁지만 맛은 별로 없었다. 반희는 좀처럼 나오지 않았다. 채운은 벤치에서 일어나 주변을 둘러보고 시간을 확인하려고 휴대 전화를 꺼냈다. 휴대 전화는 꺼져 있었다. 채운은 혹시 커피를 사는 동안 반희가 먼저 나와 차로 갔나 싶어서 차를 세워 둔 쪽으로 급히 걸어갔다. 차 근처에는 아무도 없었다. 반희도 휴대 전

화를 꺼 놓았을 테니 전화를 걸 수도 없었다. 채운이 다시 허둥지둥 화장실 앞으로 돌아오는데 화장실에서 나오는 반희가 보였다. 멀리서 보니 반희가 더 작고 늙어 보였다.

먼저 간 줄 알았잖아.

내가 오래 걸려. 점점 오래 걸리네.

채운이 커피를 건네자 반희가 난처한 표정을 지었다.

먹어도 될까.

아, 좀 편하게 마셔! 가다 아무 휴게소나 서면 되지!

반희가 채운의 눈치를 힐끔 보았다.

아니, 내 말은, 내가 알았으니까 엄마 속도를…….

반희가 속도, 하더니 풋 웃었다.

그래, 내가 엄마 오줌 싸는 속도를 알았으니까 아무리 오래 싸도 괜찮다고…….

있잖아, 하고 반희가 채운의 말을 끊었다.

여기 휴게소가 좋은 게 화장실 휴지가 두루마리가 아니고 쏙쏙 뽑아 쓰는 방식이더라.

코로나 때문인가?

그런 것 같아. 두루마리면 아무래도 손 타니까 바꾼 것 같아.

진짜 그래서 바꾼 거면 대단한데?

대단히 신속하지? 이런 휴지 같은 작은 문제도 아무렇게나 바꾸는 게 아니거든. 관리자들이 모여서 회의하고 이게 문제다, 어떻게 바꿀까 아이디어를 내고 윗선에서 결정해서 예산 승인받아서 새로 설치한 걸 거거든.

가만 보니까 반희 씨는 하나를 보면 열을 아네.

아까 벚나무 얘기도 그렇고.

그건 아니고, 우리 체육관도 뭐 하나 조그만 거라도 바꾸려면 직원들이 건의하고 위에서 결정하고 그러는 데 복잡한 절차를 거치거든.

그들은 휴게소를 빠져나와 고속도로에 접어들었고 채운은 일정한 속도로 달렸다. 그러다 문득 채운은 반희가 '우리 체육관'이라고 말한 게 생각났다. 벌써 그렇게 됐나. 비정규직인 반희는 원하든 원하지 않든 2년 미만의 주기로 일자리를 옮겨야 했는데, 옮긴 직후에는 '내가 요즘 일하는'이라고 말하다 어느 시점이 되면 자연스럽게 '우리'라는 말을 붙여 말했고 '우리'라고 말한 지 얼마 안 되어 다른 직장으로 옮겨야 했다. 지금 반희가 '우리 체육관'이라고 한 걸 보면 계약 기간이 다 되어 간다는 뜻이고, 휴관일이 길어지면 아마 휴관 중에 계약 해지 통보를 받을지도 모른다. 엄마는 또 새로 취업할 수 있을까, 채운은 생각했다. 그리고 나는 언제쯤 일을 다시 시작하게 될까.

차는 조금도 막히지 않았다. 너무 빨리 도착하면 여행 기분이 안 나는데, 하고 채운이 말했지만 반희는 아무 반응이 없었다. 슬쩍 곁눈질로 보니 반희가 고개를 옆으로 기울인 채 잠들어 있었다. 맞아, 엄마는 차만 타면 잤지, 채운은 생각했고, 그게 일종의 멀미라던데, 하는 생각도 했다. 잠시 뒤 채운은 증상이 시작된 걸 감지했다. 눈가가 뜨거워지고 가슴이 빨리 뛰었다. 채운은 차선을 바꾸었다. 이마에 살짝 배었던 땀이 어느새 얼굴 옆선을 타고 흘러내렸다. 목 뒷덜미와 등허리도 땀에 젖는 게 느껴졌다. 채운은 가장 가까운 졸음 쉼터에 차를 세우고 차창을 열었다. 가슴을 누르고 몇 차례

심호흡을 했다. 다행히 곧 호흡이 돌아왔다. 채운은 휴지를 꺼내 땀에 젖은 얼굴과 목을 닦고 웃옷을 벗었다.

왜? 왜 그래, 채운아?

반희가 화들짝 깨어 물었다.

아냐, 엄마. 내가 갑자기 너무 더워서 그래. 엄만 안 더워?

응. 난 지금은 괜찮은데.

그래, 그럼 더 자.

아냐, 아냐, 깼어. 근데 채운이 너 정말 괜찮니?

3

그들이 탄 차는 고속도로에서 벗어나 국도로 달리다 옆쪽 숲길로 접어들었다. 처음엔 가로줄이 죽죽 그어진 시멘트 길이었다가 곧 흙길이 시작되었다. 표면이 고르지 않은 데다 언덕에 급커브 구간도 있어 차가 덜컹거렸고 흙먼지가 일었다.

길이 진짜 험하네.

반희가 차창 위 손잡이를 잡으며 말했다.

그래서 내가 이 녀석을 렌트했지. 몰아 본 중에 얘가 젤로 힘이 좋거든. 여기는 웬만한 자가용으로 가다간 바닥 다 긁혀.

멋있어.

반희가 감탄한 얼굴로 말했다.

풍경이 괜찮지?

아니, 채운 씨가 멋있다고.

내가 멋있다고?

응.

채운은 웃음이 났다.

참, 별게 다. 지금 우리가 가는 데는 예전에 내가 촬영지 헌팅 다니다 알게 된 집인데 말이 펜션이지 진짜 절간이 따로 없어.

멋있어.

또 뭐가?

채운이 실실 웃었다.

이런 데도 다 알고 정말 멋있어, 채운 씨.

아, 그만해! 웃겨서 운전을 못 하겠어.

엉덩이가 배길 만큼 달려 도착한 숲속 펜션은 널따란 마당이 딸린 나지막한 단층집이었다. 반희

는 차에서 내려 주변을 둘러보았다. 어떻게 이런 깊은 골짜기에 집이 다 있나 싶은 마련해선 제법 깨끗하고 멀쩡했다. 차 뒤편에서 채운이 아이고 하는 소리가 들렸다. 반희가 가 보니 흙길을 달려온 탓에 차 꽁무니가 미숫가루를 쏟아부은 듯 누런 흙먼지를 뒤집어쓰고 있었다.

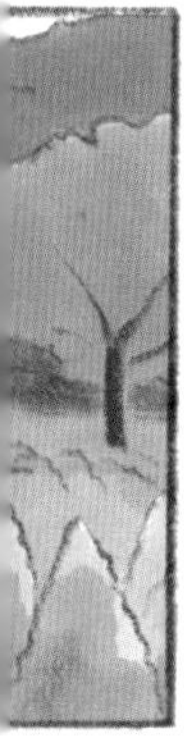

어머, 차가 엉망이 됐네.

앞은 멀쩡해서 몰랐는데.

차를 둘러본 반희가 말했다.

얼굴은 멀쩡한데 뒤통수만 그러네. 물 좀 떠다 씻길까?

됐어. 뭐 사러 내려갔다 오면 또 이 꼴 될 텐데.

채운이 먼지가 날리지 않도록 트렁크 문을 조심히 열고 반희가 가져온 짐을 꺼냈다.

내가 웬만한 건 다 싸 와서 내려갈 일 없을 것 같

은데, 이따 얘 세수는 말고 머리만 감길까.

반희의 말에 채운이 낄낄 웃었다.

내 머리 감기도 힘든데 됐어. 나 이따 술 사러 내려갔다 올 거야. 비켜, 먼지 나.

채운이 트렁크를 쾅 닫고 짐을 들고 펜션을 향해 썩썩 걸어갔다. 반희는 아쉽다는 듯 자꾸 차를 돌아보다 문득 차량 렌트비는 이미 채운이 냈을 테니 펜션 숙박비는 자신이 내야겠다는 생각에 걸음을 서둘렀다. 그러나 반희의 생각과 반대로 숙박비는 채운이 예약하면서 결제했고 렌트비는 차를 돌려줄 때 내는 거라고 했다.

펜션의 내부 설비도 반희의 예상보다 훌륭했다. 큼직한 원룸에 작은 욕실과 간이 주방이 딸려 있고 계곡 쪽으로 베란다도 나 있었다. 채운이 욕실에 들어간 동안 반희는 베란다 유리문을 활짝 열고 방을 청소했다. 가물었는지 계곡 물소리는 들리지 않았다. 텔레비전과 화장대와 붙박이장이 있고 장 안에 요와 이불 세 채가 들어 있었다. 욕실에서 손발을 씻고 나온 채운이 말했다.

큰일 났어! 여기 수건이 없어.

내가 가져왔지.

반희가 수건을 네 장 꺼냈다.

너 두 장, 나 두 장 하자. 하나는 세수수건, 하나는 발수건 해.

발수건은 같이 쓰지?

채운의 말에 반희는 체육관의 축축한 발깔개를 떠올리고 기겁을 했다.

안 돼. 따로 써.

알았어. 까탈스럽기는.

채운이 발을 수건에 문지르고 짐을 푸는 반희 앞으로 다가앉았다.

뭐를 이케 이케 많이 싸 오셨을까?

별거 없어.

반희가 수줍게 말했다.

이건 뭐야?

나물.

이렇게나 종류별로 다 싸 왔어?

옛날에 채운 씨가 이 나물 좋아했는데, 기억나?

이게 뭔데?

비름나물?

와, 비름나물! 진짜 오랜만에 들어 본다. 고추장에 비빈 거 맞지?

응. 고추장에 무친 거.

맞아, 무친 거. 이건 뭐야?

두릅 장아찌.

엄마가 직접 만든 거야?

응.

뭐 다 식물이야? 단백질은 없어?

여기, 동그랑땡.

와, 동그랑땡! 이건?

그건 만두.

와, 만두!

반희는 어린 채운에게 말을 가르칠 때처럼 머리를 맞대고 하나하나 일러 주는 게 재미있었다. 이건 곰, 이건 토끼, 이건 채송화. 어린 채운이 손뼉을 쳤다. 채운이 할 때 채. 그렇지. 스물다섯의 채운도 손뼉을 쳤다.

완전 잔칫집이네.

그렇지, 하고 반희가 말했다.

4

그들은 펜션 앞 계곡을 둘러본 후 산 위로 조금 올라가 보기로 했다. 이런저런 얘기를 나누던 중에 채운이 물었다.

반희 씨, 나 어렸을 때 혹시 어디 멀리 간 적 있어?

나 혼자만?

응.

멀리 간 적은 없고 한번 집 나간 적이 있어.

그래?

응.

그래서?

반희는 채운이 집 나간 이유를 묻지 않아서 좋

았다.

밤이 돼도 안 오니까 처음엔 병석 씨가 전화도 하고 문자도 했지.

그래서?

내가 답장을 안 하니까 나중엔 명운 씨가 문자를 했어.

뭐라고?

어디냐고, 왜 아직 안 오느냐고.

그래서 오빠, 아니 명운 씨한테는 답장했어?

명운 씨한테도 답장 안 했어.

진짜?

처음엔 걱정하는 내용이더니 갈수록 글이 점점 짧아지면서 화가 난 것 같더라.

글이 짧아져? 하하, 오빠가 뭐랬는데?

아 진짜 뭐야? 엄마 왜 그래? 아빠 무지 화났어!

으으으으 이제 나도 몰라!

채운이 크게 웃었다.

그때 명운 씨 몇 살이었는데?

중학교 1학년.

채운은 반희 몰래 손가락을 꼽아 보았다. 그럼 그때 자신은 초3이었을 것이다. 열 살.

그래서?

그래서는 뭐…… 몇 시간쯤 더 있다 들어갔지.

엑! 그게 뭐야?

그러게.

하룻밤이라도 버텨야지 왜 그렇게 빨리 들어와?

반희가 채운을 의미심장하게 보았다.

왜?

음, 채운 씨가 운다고 문자 와서.

진짜? 진짜 내가 울었대? 아빠, 아니 병석 씨하고 명운 씨가 사기 친 거 아니고?

아니야. 내가 들어오니까 채운 씨가 엉엉 울면서 뛰어오는데 운 티가 많이 났어.

하아, 참.

근데 울면서 뛰어는 왔는데 내 앞에 딱 서더니 고개를 홱 돌리더라.

와, 기가 막혀.

채운이 걸음을 멈췄다.

나 화났다 이거지?

그렇지. 그러고도 이십 분은 날 똑바로 쳐다보지도 않더라. 내 뒤를 졸졸 따라다니기는 하는데 얼굴 보려고 하면 보여 주지를 않아.

초3이나 된 게 뭐 하는 짓이야.

서운한 게 안 풀려서 그런 거지. 난 그때 채운 씨

마음 알 것 같았어.

근데 나는 그때 반희 씨 마음을 몰랐던 거네.

몰랐어야지. 채운 씨가 그 나이에 그런 것까지 알았으면 내가 더 비참했지.

난 왜 울었던 기억이 안 나지?

내가 그때 채운 씨 마음을 잘 풀어 줘서 그런 거 아닐까? 한 점 앙금도 없이.

반희 씨, 자만심 쩐다. 그건 아닌 것 같은데.

반희가 웃었다.

아닌 것 같아? 이상하네. 내가 평생 살면서 잘 안 되는 게 자만하는 건데.

아니, 자만 쩔어, 쩔어.

관목이 우거진 좁은 길이 나타났고 채운이 앞장섰다. 뒤따르던 반희가 물었다.

채운 씨는 살면서 잘 안 되는 거 뭐 없어?

나 잘 안 되는 거? 엄청 많은데……. 아, 뭐 있지? 맞다, 음식!

음식 뭐?

에이, 하필 뭐 이렇게 유치한 게 생각나냐? 내가 겉보기엔 안 그래 보이는데, 맛있는 거 있을 때 눈치 안 보고 막 먹는 거, 그걸 못 해.

그게 왜 안 될까?

뭔 소리야?

채운이 뒤를 돌아 반희를 흘겨보며 말했다.

나 이거 반희 씨한테 배운 건데.

그래?

응.

그럴 수 있겠다. 그래도 난 지금은 많이 교정됐는데.

아닌 것 같은데?

이것도 아닌 것 같아? 나 먹고 싶은 거 있으면 눈치 안 보고 먹으려고 하는 편인데.

그건 반희 씨가 혼자 사니까 그런 거고. 또 먹는 것만이 아니라, 오늘 아침에 보라고. 길에 나와서 서 있는 것도 그렇고, 김밥 말아 온 것도 그렇고, 먹을 거 바리바리 싸 온 것도 그렇고.

다 눈치 보는 거라고?

그래, 맞아. 눈치 보는 거. 엄마 지금도 눈치 본다고 엄청.

고질적이네. 혼자 살면서 고쳐진 줄 알았는데.

아, 채운이 손뼉을 쳤다.

그럼 엄마, 우리 오늘 이렇게 하자.

뭐?

저녁때 먹을 것 놓고 대차게 한번 싸워 보자. 서로 절대 덜어 주거나 얹어 주지 말고 짐승처럼 막

싸우면서 먹어 보자.

그래, 좋다. 독하게 훈련해…….

반희의 뒷말이 숨에 묻혔다.

엄마, 힘들지? 이제 그만 내려갈까.

응, 내려가.

올라올 때만 해도 나뭇가지 사이로 언뜻언뜻 해가 비쳤는데 어느새 산그늘이 졌다. 산길을 내려오면서 채운은 반희가 말한 그날이 자신이 기억하는 그날일까 생각했지만 아무리 되짚어도 그날 운 기억이 나지 않았다. 어쩌면 자신이 기억하는 날은 실제가 아니라 상상인지도 몰랐다. 중요한 건 그게 아니라, 초3에서 고2까지, 채운은 늘어뜨린 손가락을 천천히 꼽아 보았다. 8년이었다. 엄마가 버틴 시간. 그리고 고2에서 지금까지, 손가락을 꼽아 보니 7년이었다. 세상에, 엄마가 집 나간 지 7년밖에 안 됐다고? 채운은 어이가 없었다. 엄마는 8년이고 자신은 7년이라니, 뭔가 억울한 기분이 들었다.

5

채운이 차를 몰고 술을 사러 내려갔다 올 동안 반희는 음식을 준비했다. 만둣국을 끓일 요량으로 맛국물을 내 놓고 동그랑땡과 김치전을 데웠다. 삼색 나물은 한 접시에 모아 담았는데 비름나물을 넉넉히 놓았다.

채운을 기다릴 겸 반희는 펜션 앞마당 벤치에 나가 앉아 담배를 피웠다. 공기는 차고 주위는 어두웠다. 가끔 들리는 새소리, 나뭇가지가 부딪치거나 꺾이는 소리, 휙 바람이 몰아치는 소리 외에는 완전무결한 적막이었다. 소리가 들리지 않으니 시간도 멈춘 듯했다. 어느 순간 아주 먼 곳에서 오옹 오옹 하는 희미한 소리가 들려왔다. 소리는 점

점 가까워지고 있었다. 채운이 오는 소리 같았다. 시간이 다시 흐르기 시작했다. 반희는 믿기지 않는 일이 일어나기라도 한 듯 가슴이 뛰었다. 숲의 적막 속에 앉아 있는 늙은 자신만큼이나 차를 몰고 산길을 올라오는 젊은 채운의 존재도 믿을 수 없었다. 그들이 곧 만나게 되리라는 것도, 이 어두운 숲 속에서 함께 밤을 보내게 되리라는 것도 믿을 수 없었다. 반희는 이 순간을 영원히 움켜쥐려는 듯 주먹을 꽉 쥐었고, 절대 잊을 수 없도록 스스로에게 일러 주려는 듯 작게 소리 내어 말했다.

채운 씨가 오고 있어. 채운 씨가 와.

채운이 젓가락을 툭 내려놓았다.

재미없다. 우리 싸움 너무 못해.

그러게.

반희도 인정했다.

그냥 먹던 대로 먹자, 엄마.

채운의 말이 끝나기 무섭게 반희가 냄비에 하나 남은 만두를 채운의 그릇에 얹었다.

와, 이런 싸움은 잘하는데?

잘하지. 채운 씨는 나 못 이기고.

맞아. 반희 씨 경력이 장난은 아니지.

저녁을 먹고 채운이 설거지를 하는 동안 반희는 욕실에서 씻었다. 씻고 나와 발수건에 발을 꼼꼼히 닦고 채운의 것과 섞이지 않도록 치워 놓았다. 채운이 씻는 동안 반희는 과일을 깎았다. 씻고 나온 채운이 컴퓨터도 없고 폰도 꺼 놓으니 심심하다며 티브이를 켜서 채널을 이리저리 돌렸다.

반희 씨는 요즘 하루를 어떻게 보내? 체육관도 안 나가고.

처음엔 그냥 잠만 자고 집에서 쉬기만 했는데, 요즘엔 반찬 가게 일 해.

반찬 가게를 나가?

아니, 나가는 건 아니고 집에서 만들어서 가까운 반찬 가게에 대 주는 일. 납품 같은 거지.

와, 그래? 난 몰랐네.

한 지 얼마 안 됐어.

뭐 뭐 만드는데?

처음엔 파김치 한 가지만 했는데 가게 사장이 이것저것 해 보라고 해서 요즘엔 부추김치, 오이소박이, 아까 먹은 두릅 장아찌, 그것도 하고.

할 만해?

아직 몰라.

와, 엄마! 저기 봐!

채운이 티브이 화면을 가리켰다.

저기 나 가 본 데다! 우포 늪이라고 경치가 진짜 죽여.

화면에는 누런 갈대숲과 습지가 펼쳐졌고 물에 긴 다리를 반쯤 담근 채 유유히 걸어 다니는 크고 흰 새들이 있었다. 눈가가 붉었다.

나 갔을 땐 저런 새 못 봤는데. 쟤가 따오기구나.

채운이 볼륨을 높였다.

엄마, 따오기가 진짜 따옥따옥 울어.

따옥따옥 우는 소리를 따서 이름이 따오기가 되었을 텐데 채운은 그 유사성이 기막힌 우연이기라도 한 것처럼 신기해했다.

엄마, 들어 봐! 따옥따옥 울지? 와, 따오기가 진짜 따옥따옥 울다니.

반희가 참지 못하고 웃음을 터뜨렸다. 채운이 어리둥절한 얼굴로 따라 웃었다.

엄마도 평소에 티브이 봐?

응, 봐.

왠지 엄마는 티브이 같은 거 안 볼 각인데.

요즘엔 자주 봐. 파 다듬으면서도 보고 마늘 까면서도 보고.

주로 뭐 봐?

다큐. 자연 다큐. 그런 것만 해 주는 채널이 있어.

거봐! 그럴 줄 알았어. 그래서 따오기가 따옥따옥 우는 것도 알잖아?

맞아.

흠, 그러면서 태어날 때부터 알았던 것처럼 날 비웃고 말이지. 그럼 뭐 재밌는 동물 아는 거 없어? 하나만 얘기해 봐. 내가 아나 모르나 보게.

깊은 바다에 사는 물고기가 있어.

와, 재밌겠다.

이 물고기는 머리 윗부분 절반이 투명해.

머리 윗부분 절반이?

응. 언뜻 보면 경비행기 앞부분 조종석에 시야를 확보하기 위해 반구형 유리를 씌워 놓은 모양과 비슷해.

반구형?

응. 반구형.

반희가 두 손으로 공의 절반을 쓰다듬는 시늉을 했다.

아.

놀라운 사실은 실제 목적도 비슷하다는 거야. 원래 물고기는 눈이 옆에 달려서 위를 볼 수가 없는데 이 물고기는 큰 물고기에게 잡아먹히지 않으려면 자기 위로 큰 물고기가 지나가는지 아닌지 기필코 알아내야 해. 그래서 자기 뇌를 젤리화해서 투명하게 만든 거야.

뭐, 뇌를 젤리화해? 진짜?

물고기는 유리를 못 만드니까 자기 뇌를 유리처럼 만들어서 시야가 뇌를 관통하게 한 거지. 그렇다고 머리가 완전히 유리 같지는 않고 반투명 유리쯤 돼. 그쯤만 돼도 위에 큰 그림자가 지나가는지 아닌지는 알 수 있으니까.

R
BEER

와, 신기해. 그 물고기 이름이 뭐야?

이름은 몰라. 어쩌면 그 정도 깊이에 사는 물고기들 대부분이 그렇게 진화했을 수도 있고.

자기 머리를 젤리화한다는 발상은 정말 놀라운데.

채운이 냉장고에서 맥주를 두 캔 가져와 땄다. 둘은 캔을 부딪치고 마셨다.

물고기도 그렇게 바뀌는데, 엄마.

채운이 심각한 얼굴로 말했다.

인간도 말이야, 앞만 보게 돼 있잖아. 근데 만약에 천적이 늘 뒤에서만 나타난다고 하면 그걸 보려고 뇌를 젤리화시켜서 뒤를 볼 수도 있겠네.

글쎄, 뇌를 젤리화시키는 건 너무 고난도 기술이니까 차라리 고개를 재빨리 180도 회전시키는 식으로 진화하지 않을까. 경추, 그러니까 목뼈를 빙빙 도는 나사못처럼 만든다든가.

하하, 엄마 천재다. 이래서 사람은 배워야 돼. 엄마랑 얘기하면 되게 재미있다니까. 여자들 밤에 가다가 뒤에 누가 따라오나 안 오나 목뼈, 그 경추를 빙빙 돌려서 보면 좋을 것 같지 않아?

아, 그건 아닌 것 같은데, 채운 씨.

반희가 걱정스럽게 말했다.

지금도 고개를 못 돌리는 건 아닌데 무서워서 못 돌아보는 거잖아. 경추가 빙빙 돈다고 돌아볼 수 있을까?

그래? 그럼 아까 그 물고기처럼 뇌를 젤리화하는 수밖에 없는 건가?

그렇지. 그리고 머리카락도 반은 밀어야 할걸.

와, 그러네. 그 풍경 참 기괴한데. 여자들이 외계인처럼 머리 절반이 그렇게 돼서 돌아다닌다고 상상하면.

채운은 잠시 생각에 잠겨 있다가 말했다.

엄마, 우리가 먹을 거 놓고 마음껏 싸우지도 못하게 된 건 뭐 땜에 그런 걸까?

음.

반희가 생각하다 말했다.

그것도 물고기랑 같은 이유겠지. 우리를 보호하기 위해서. 어떻게든 살아남으려고.

세상 뭐 다 이렇게 슬픈 얘기야, 젠장.

채운이 맥주를 벌컥 마시고 말했다.

나는 원래 생겨 먹은 데서 얼마나 많이 바뀌었을까.

반희는 뭐라고 대답할 수 없었다.

산속의 밤은 길었다. 채운은 줄기차게 맥주를

마셨고 반희는 중간에 배가 불러 그만 마시다 다시 마셨다.

엄마, 아빠는 말이야, 내가 말을 안 하고 있으면 못 견딘다. 오빠도 말 안 하고 있는데 나한테만 오늘 왜 그러느냐고, 왜 말 안 하느냐고 물어.

취기가 오르면서 채운은 누구 씨라고 부르기로 한 약속을 까맣게 잊은 듯했다.

그럼 채운 씨는 뭐라고 해?

반희가 물었다.

뭘 내가 말을 안 하느냐고, 평소랑 똑같다고 그러지.

그런 말 하지 말지.

반희가 말했다.

그게 안 쉬워.

안 쉽지.

잠시 후에 반희가 말했다.

나도 말이야, 잘 안 돼. 오늘 채운 씨가 운전도 잘하고 지리도 잘 알고 그런 걸 보면서 무슨 생각 했느냐 하면, 딸이어도 참 믿음직하다, 아들보다 낫다……. 그게 생각을 했다기보다 저절로 그런 생각이 든 거야. 그러고 나서 그 생각이 말로 나올까 봐 너무 놀라서 진땀이 났어. 왜 자꾸 그런 생각을 하는지 모르겠어.

채운이 일어나 냉장고에서 맥주를 더 꺼내 왔다.

엄마, 왜 아빠 재혼하는 거 안 물어봐? 누군지, 어떤 여잔지 안 궁금해?

반희는 잠시 머뭇거렸다.

자존심 상해서 그래?

그건 아니야.

반희가 단호하게 말했다.

그냥 병석 씨한테 관심이 없어.

아직도 미워해?

미워하지는 않고, 관심을 안 가지려고 할 뿐이야. 병석 씨도 나한테 관심이 없었으면 좋겠고. 아니, 병석 씨만이 아니라 아무도 나한테 관심이 없었으면 좋겠어. 난 세상 아무에게도 보이고 싶지 않아. 눈에 안 띄고 싶어.

나한테도?

채운이 눈을 동그랗게 떴다.

아니, 반희가 말했다.

채운 씨만 빼고. 그러니까 내가 채운 씨는 만나잖아.

그래서 외갓집에도 안 가는 거야?

외가가 아니라 내 본가.

알았어. 엄마 본가.

당분간 나를 지키고 싶어서 그래. 관심도 간섭도 다 폭력 같아. 모욕 같고. 그런 것들에 노출되지 않고 안전하게, 고요하게 사는 게 내 목표야. 마지막 자존심이고. 죽기 전까지 그렇게 살고 싶어.

와.

채운이 짧게 말했다.

우리 엄마, 정숙 씨라고 하자.

반희는 스스로 좀 취했다고 느꼈지만 계속 이야기했다.

정숙 씨 말로는 내가 어려서부터 그렇게 순해빠졌대. 시키면 시키는 대로 하고 죽으라면 죽는 시늉도 하고. 칭찬인 줄 알았지. 공부하라면 하고 좋은 대학 가라면 가고 취직해서 돈 벌라면 벌었지. 난 뭘 주장하고 누구랑 싸우고 뭘 얻어 내고 그런 걸 못했어. 그러다 보니 힘이 들었겠지. 아무것도 못 바꾸고 아무것도 안 바뀌니까 도망치고 싶었겠지. 그냥 도망치면 될걸 결혼으로 도망친 게 실수였어. 딱 지금 채운 씨 나이네. 스물다섯에 결혼한다니까 춘영 씨도 정숙 씨도 결사적으로 반대했어. 이기적이라고, 줄줄이 딸린 동생들 내팽개치고 결혼한다고. 내가 이혼할 때도 춘영 씨하고 정숙 씨가 그렇게 반대했어. 복에 겨워서 그런다고, 돈 잘 버는 남편에 똑똑한 아들내미 내팽개치고 이혼한다고. 나는 채운 씨가 제일 마음에 걸렸는데, 그래도 이혼한 거 보면 내가 이기적인 게 맞긴 맞는가 봐. 안 그러면 내가 죽을 것 같아서. 죽기 전에 나를 조금이라도 회복해 놓고 싶어서.

와, 와. 나 애매해지네, 마음이. 엄마가 이렇게 똑부러지니까 애매해져. 나는, 나도 너무 힘이 들거든. 그래도 내가 엄마를 이해하거든. 이해한다고 알고 있거든. 근데 있지, 내가 갑자기 엄마가 너무 미우면서, 가엾으면서, 미칠 거 같으면서, 엄마가 죽은 것 같은 때가 있는 거야. 그럴 때면 가슴이 답답하고 숨이 안 쉬어져. 열이 나고 땀이 줄줄 나. 옛날에 어렸을 때, 그게 엄마가 아까 얘기한 그날인지 아닌지는 모르겠는데, 진짜로 있었던 일인지 아닌지도 모르겠는데, 내가 엄마가 없다는 걸 고스란히 느낀 거야. 그냥 방에 있는데 엄마가 없다는 게 너무 확실하게 느껴졌어. 운 기억은 진짜 없고, 그냥 엄마가 없다는 걸 알고 막 가슴이 답답하고 숨이 안 쉬어졌어.

채운아, 하고 반희가 당황해서 불렀다.

엄마, 나는 미래 완료라는 말이 그렇게 슬퍼. 언제부턴가 난 알았던 것 같아. 엄마가 집을 나갈 거라는 걸. 엄마가 나간 다음에 나 혼자 엄마 없이 살 거라는 걸. 나 고2 때 진짜 엄마가 이혼하고 나갔잖아? 내가 상상한 그대로 미래 완료가 된 거야. 나 혼자 집에 있고 엄마는 집에 없고. 그렇게 될 줄 다 알면서 모른 척 살아온 거 같았어. 그러고 얼마 안 있다가 더 나쁜 미래 완료가 생겨난 거야. 아직 안 일어났지만 일어난 것 같은, 그 느낌이 너무 생생해서 미치겠어. 어느 날 엄마가 죽고 없는데 나 혼자 낯선 길 위에 서 있는 거야. 어떤 때는 캄캄한 방에 누워 있는데 엄마는 죽고 없는 거야. 그러면 가슴이 아파서 도저히 숨을 못 쉬겠어.

채운아, 하고 반희가 채운의 손을 잡았다.

아까 차 세운 것도 그래서 그랬어? 엄마 봐!

채운이 반희를 보았다. 눈가가 따오기처럼 붉었지만 눈물은 고여 있지 않았다. 오히려 눈 속이 불타는 것 같았다.

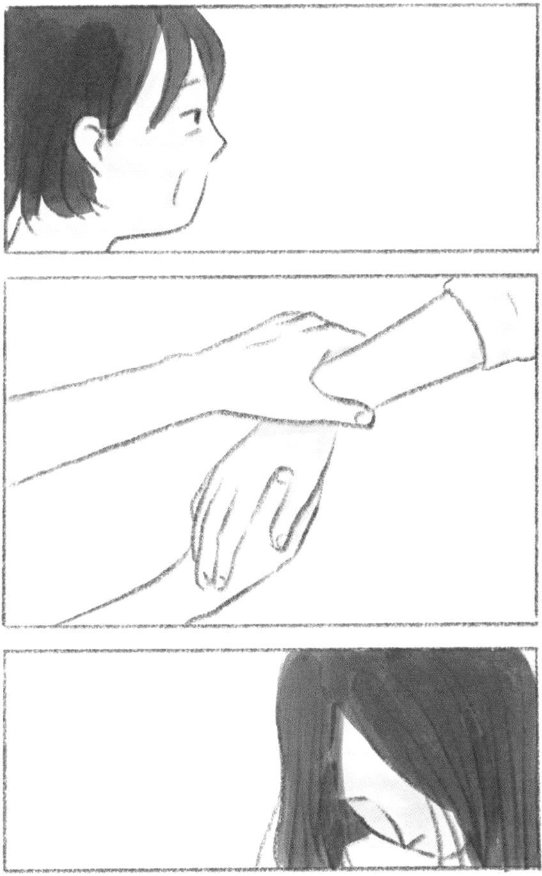

엄마, 나 사랑하지?

반희가 고개를 끄덕였다. 말이 나오지 않았다.

알아. 엄마 보면 날 사랑하는 거 맞아. 날 사랑해서 힘든 게 보여. 나도 엄마 사랑해. 그래서 힘들어. 근데 엄마, 내가 머리가 나빠서 잘 모르는 거야? 사랑하는 게 왜 좋고 기쁘지가 않아? 사랑해서 얻는 게 왜 이런 악몽이야? 사랑하지 않으면 이렇게 안 힘들어도 되는데, 미워하면 되는데, 왜 우린 사랑을 하고 있어? 왜 이따위 사랑을 하고 있냐고. 눈물도 안 나오고 숨도 못 쉬겠는, 왜 이런, 이런 사랑을 하냐고.

채운이 벌떡 일어나 가슴을 누르며 욕실로 뛰어 들어갔다.

6

밤새 뒤척이다 새벽에 겨우 잠들었던 반희는 베란다 커튼 사이로 새어 드는 빛과 새소리에 잠을 깼다. 옆에 채운이 누워 있었다. 자는 얼굴은 아기 같은데 술 냄새를 풍기고 얕은 코까지 골고 있었다. 반희는 자리에서 일어나려다 다시 앉아 채운의 어깨를 내려다보았다. 민소매 티셔츠를 입은 채운의 오른쪽 어깨에 타투를 했다가 지운 자국이 손바닥만 한 크기의 흉터로 남아 있었다. 흔적으로는 아마 애초에 장미 모양의 타투를 하지 않았을까 싶었다. 타투를 한 것도 지운 것도 오로지 채운의 의지였을까. 혹시라도……. 대상을 알 수 없는 분노가 치밀어 반희는 입술을 깨물었다.

반희는 앞마당 벤치에 앉아 담배를 피우며 채운이 말한 미래 완료에 대해 생각했다. 어제저녁과 달리 숲의 아침은 은근한 소란스러움으로 가득 차 있었다. 지금껏 나는 무슨 짓을 하며 살아온 것일까, 반희는 생각했다. 두려워 도망치고 두려워 숨고 두려워 끊어 내려고만 하면서. 채운과 이어진 수천 수만 가닥의 실을 끊어 내려던 게 채운에게는 수천 수만 가닥의 실을 엉키게 하는 짓이었다면, 지금껏 나는 무엇을 위해 이렇게 살아온 것일까.

반희는 담배를 끄고 두 손을 맞잡았다. 바람이 휙 지나가면서 진한 흙내와 풀 향이 스쳤다. 사랑해서 얻는 게 악몽이라면, 차라리 악몽을 꾸자고 반희는 결심했다. 내 딸이 꾸는 악몽을 같이 꾸자. 우리 모녀 사이에 수천 수만 가닥의 실이 이어져 있다면 그걸 밧줄로 꼬아 서로를 더 단단히 붙들어 매자. 말라비틀어지고 질겨지고 섬뜩해지자. 뇌를 젤리화하고 경추를 빙빙 돌리자. 한 번도 해 본 적 없는 생각들이 밑도 끝도 없이 샘솟았고 반희는 믿기지 않는 일이 일어나기라도 한 듯 가슴이 뛰었다. 이 숲은, 이 벤치는 참 이상도 하지. 그러면서 반희는 어제저녁과 똑같이, 이 순간을 영원히 움켜쥐려는 듯 주먹을 꼭 쥐고, 절대 잊을 수 없도록 스스로에게 일러 주려는 듯 작게 소리 내어 말했다.

아무것도 아니야, 채운아. 아무것도 아닌 것들이었어.

채운이 해장엔 라면이라며 만두를 넣고 라면을 끓였다.

만두는 셋, 사람은 둘. 이러면 남은 하나는 누가 먹어야 하지?

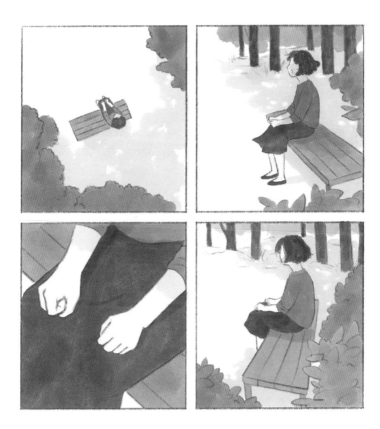

채운이 물었다.

반희가 말없이 남은 만두를 가져가 먹었다.

와.

이제 맛있는 거 내가 다 먹고 건강해지려고. 그래야 네가 이상한 미래 완료 증상에 안 시달리지.

아, 진짜 미래 완료 증상은 또 뭐야?

나 안 죽을 테니까 너도 마음을 편안히 먹어. 조실부모한 것도 아니고……. 음, 그러니까 조기에 실했다, 부모를. 조실부모.

고아 말이야?

그렇지. 넌 고아도 아니고 다 커서 부모가 이혼한 건데 왜 그런 나쁜 생각을 해서 몸을 괴롭혀? 그렇다고 너무 걱정하진 말고, 증상이 심해지면 엄마랑 손잡고 병원 가면 돼.

채운이 반희를 빤히 보았다.

이제 엄마, 내 딸, 이런 말도 다 할 거야, 무슨 말인지 알지?

응, 알아.

엄마 튼튼해져서 내 딸보다 오래 살 거야. 그러니까 엄마 불쌍하게 여기지 마. 엄마가 몸 움직여서 돈 벌어서 사는 거, 엄마는 자랑스러우니까.

와, 나 적응 안 돼. 맥주 심하게 땡기네.

운전해야 하니까 지금은 안 되고 이따 엄마 집 가서 같이 한잔해.

엄마 집 간다고? 드디어 나 엄마 집 가 보는 거야?

그동안 내가 미쳤지. 딸도 집에 안 들이고. 엄마 좀 창피하니까 네가 쳐들어오는 걸로 하자.

엄마 진짜 창피한가 봐. 얼굴 빨개졌어.

그건 폐경돼서 그런 거고.

폐경됐어?

몇 년 찔끔거리다 재작년부터 끊겼어.

근데 반희 씨, 요즘엔 폐경이란 말 안 써요.

그래?

완경! 완경했다 그래. 세상 똑똑한 엄마가 그것도 몰라?

완경? 완성했다는 건가, 완료됐다는 건가?

뭐 대충 그런 거 아닐까?

완성은 너무 미화고, 완료도 마음에 안 들고, 깔끔하게 종경이라고 할래.

종 쳤다고?

채운의 말에 반희가 히죽 웃었다.

그래. 종 쳤어. 종 쳤으니 집에 가고 좋네.

엄마, 밤새 무슨 일 있었어? 말투도 막 바뀐 거 같아.

뭔 소리야?

반희가 채운을 흘겨보며 말했다.

나 이거 너한테 배운 건데.

와.

채운이 과장되게 손뼉을 쳤다.

내가 그렇게 멋있게 말한다고?

짐을 트렁크에 싣고 운전석에 타며 채운이 말했다.

뒤통수가 영. 렌트 회사에서 세차비 달라겠는데.

조수석에 앉아 있던 반희는 그 말을 못 듣고 몸을 웅크린 채 낑낑거렸다.

엄마, 뭐 해?

아이, 나이가 드니까 별게 다 힘들어.

왜? 어디 안 좋아?

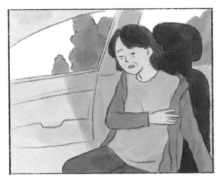

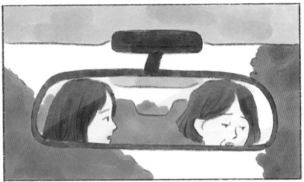

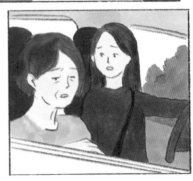

아니. 종경인지 완경인지 땜에 갑자기 땀이 나니까, 가다 더울까 싶어 옷 좀 벗으려는데, 나이 드니까 좁은 데서 옷 입고 벗는 게 그렇게 팔죽지가 당기고 옆구리가 결리고 힘이 드네. 아으, 아파.

담 결린 거 아냐?

아냐, 좀 놀랐어. 기다려 주면 돼.

그래, 그럼 좀 기다리자.

반희가 몸을 꿈지럭거리며 풀었다.

엄마, 이번 여행 어땠어?

쩔었어.

채운이 기가 막힌 얼굴로 반희를 보았다.

좋았다는 뜻이지?

응.

뭐가 그렇게 쩔었어?

음, 내 딸을 좀 더 잘 알게 되고 이해하게 되었다

고나 할까?

말투가 왜 그래? 되게 가식적으로 들려.

딸도 부디 엄마를 좀 더 이해하게 됐기를 바랄게. 엄마의 뭐냐, 그…… 속도도 알게 되고.

그…… 속도? 아, 엄마 오줌 싸는 속도?

반희가 말없이 웃옷에서 한 팔을 천천히 뺐다.

엄마!

채운이 눈가에 장난기가 가득해서 말했다.

오줌, 해 봐.

아니…… 굳이 왜…….

그런 말 싫어? 못 해? '쩔어'도 했잖아? 해 봐, 오줌!

내가 아직은 이상하게 오염된 게 있어서, 그런 말은 좀 빡세네.

채운이 웃음을 터뜨렸다.

아, '빡세'도 하면서 오줌은 못 해? 그럼 오줌 싸는 걸 뭐라고 할래? 소변?

소변도 싫고……. 배뇨, 배뇨의 속도라고 하자.

배뇨? 하, 참. 반희 씨 배뇨의 속도를 알게 되었다? 낯설다, 낯설어. 내가 엄청 대단한 법칙을 발견한 과학자 같고.

이제 출발해, 채운 씨.

좋아! 빨리 가야 빨리 맥주 먹지.

차가 출발했다. 반희는 고개를 돌려 마지막으로 이상한 숲과 펜션 앞마당에 놓인 마법의 벤치에 작별을 고하려 했지만 뒤 차창이 누런 흙먼지에 뒤덮여 아무것도 보이지 않았다. 차가 이쪽저쪽으로 기울고 심하게 쿨렁거렸지만 반희는 마치 땅콩 껍데기 속에서 구르는 땅콩처럼 아늑하고 편안했다. 딸이 운전하는 차라 아무 걱정 할 필요가 없었다. 고속도로에 접어들면서 달리는 속도가 일정해지자 반희는 졸음이 쏟아졌고 잠들기 전에, 우리 둘이 언제 땅콩 모양의 타투나 하러 갈까, 했는데 생각만 한 건지 말로도 했는지는 알지 못했다.

* 이 책은 계간 『창작과비평』 2020년 여름호에 수록된
단편소설 「실버들 천만사」의 제목을 바꾸어 펴냈습니다.

작가의 말

권여선

어머니도 누군가의 딸로 태어났다는 것.

그런 생각을 하고 어머니의 삶을 상상하다 보니

살아 보지 못했던, 어쩌면 나와 어머니가 지금까지와는

다르게 살 수도 있었을 어떤 삶이, 몹시 그리워졌습니다.

사진 ⓒ신나라

소설의 첫 만남 22

엄마의 이름

초판 1쇄 발행 | 2021년 7월 15일
초판 5쇄 발행 | 2023년 10월 19일

지은이 | 권여선
그린이 | 박재인
펴낸이 | 염종선
책임편집 | 이하나
펴낸곳 | (주)창비
등록 | 1986년 8월 5일 제85호
주소 | 10881 경기도 파주시 회동길 184
전화 | 031-955-3333
팩시밀리 | 영업 031-955-3399 편집 031-955-3400
홈페이지 | www.changbi.com
전자우편 | ya@changbi.com

ISBN 978-89-364-5948-2 44810
ISBN 978-89-364-5966-6 (세트)

소설의 첫 만남
활용북

청기와주유소 씨름 기담

정세랑

1. 도깨비와 씨름을 해서 이겨 달라는 점장님의 부탁처럼 어느 날 터무니없어 보이는 제안을 받는다면 어떨까? 과연 그 제안을 받아들일지 이야기해 보고, 종목을 스스로 정할 수 있다면 무엇으로 겨루고 싶은지 생각해 보자.

2. 다음은 작품 안에서 청기와주유소를 설명한 부분이다. 우리 동네에도 이처럼 지역을 대표할 수 있는 랜드마크가 있는지 생각해 보고, 그곳의 역사 및 특징을 조사해 보자.

• 유명 정유 회사의 1호점이었고, 43년 동안 홍대의 랜드마크였다.

• 어떻게 랜드마크를 허문단 말인가? 주변의 모든 것들이 '청기와'라고 불리는데? 청기와주유소가 사라지면 택시를 타서 이 부근을 어떻게 설명한단 말인가?

3. 만약 주인공이 씨름에서 도깨비에게 패배했다면 주인공의 인생은 어떻게 달라졌을까? 혹은 달라지지 않았을까? 자유롭게 상상해 보자.

이상한 용손 이야기

곽재식

1. 작품의 내용을 참고하여 처음 사랑에 빠지면 어떤 기분일지 표현해 보자.

> 그녀를 처음 봤을 때, 전기가 통했다. 조금의 과장도 아닌 것이, 진짜 번개가 치면서 하늘과 땅 사이에 8천 5백만 볼트의 전기가 통했다.

2. 작품 속에 등장하는 과학 연구 수업처럼 기상천외한 실험을 할 수 있다면 어떤 실험을 하고 싶은지 자유롭게 이야기해 보자.

3. 용을 제외하고 상상 속의 생물을 조사해 보자. 그 생물의 자손이라면 어떤 능력을 물려받게 될지, 그 능력을 다른 사람을 위해 어떻게 쓸 수 있을지 상상해 보자.

예) 인어, 도깨비

원통 안의 소녀

김초엽

1. 지유가 살고 있는 미래 도시의 특징을 정리해 보고, 이에 대한 한 줄 평가를 내려 보자.

	도시의 특징	한 줄 평가
과학 기술의 발전		
복제 인간의 인권		

2. 다음은 지유가 타고 다니는 원통의 모습을 화가가 상상해서 표현한 그림이다. 지유가 어떤 모습의 원통을 타고 있을지 새롭게 상상해 그려 보자.

3. 작품 속에서 지유와 노아는 점점 마음을 열며 친해진다. 두 사람이 서로를 가깝게 느낄 수 있었던 공통점이 무엇인지 생각해 보자.

닫힌 마음을 여는

보살핌 세트

소설의 첫 만남

16-18

ISBN 978-89-364-5924-6(3권)

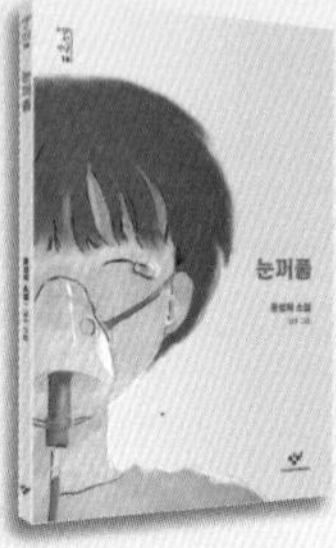

눈꺼풀

윤성희 소설 | 남수 그림 | 값 8,800원 | ISBN 978-89-364-5926-0

멈춘 시간을 깨우는 다정한 귓속말
머리맡에서 나를 붙잡아 주는 소중한 목소리들

'나'는 친구에게 바람을 맞고 혼자서 길을 헤매다가 불의의 사고를 당한다. 정신을 차려 보니 병실 침대에 누워 있다는 걸 깨닫는다. 병간호를 오는 아빠, 엄마, 누나에게서 여러 이야기를 들으며 소중했던 기억들을 떠올리는데…….

개를 보내다

표명희 소설 | 진소 그림 | 값 8,800원 | ISBN 978-89-364-5927-7

너의 시간이 멈췄으면 좋겠어
동생이자 친구였던, 나의 작은 개 이야기

갑작스럽게 진서네 집에 오게 된 유기견 진주. 가족들의 무관심 속에 아파트 베란다에서 쓸쓸히 지내던 진주에게 진서는 점점 마음이 쓰인다. 하지만 어느덧 열세 살이 된 개 진주는 건강하던 모습을 잃고 야위어 가는데…….

멍세핀

박유진 소설 | 안유진 그림 | 값 8,800원 | ISBN 978-89-364-5928-4

나의 아홉 번째 엄마, 멍을 지켜야 한다
"나는 조세핀을 멍세핀이라고 불렀다. 줄여서 멍."

외로운 아이 태영은 아홉 번째 보모로 온 조세핀에게 겨우 마음을 연다. 언제나 태영의 편을 들어 주는 건 엄마가 아닌 멍세핀. 그러던 어느 날 멍세핀이 쫓겨날 위기에 처한다. 태영은 멍세핀을 지킬 수 있을까?

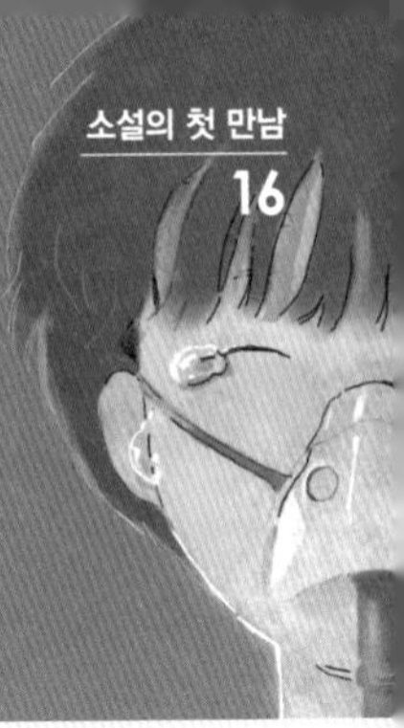

눈꺼풀

윤성희

1. 주인공이 어떤 장소에서 어떤 인물과 만났는지를 생각하며 주인공에게 일어난 일과 주인공이 한 생각을 정리해 보자.

	주인공이 만난 인물	일어난 일
정자	할아버지	
버스 정류장	꼬마 아이	버스 충돌 사고가 일어남
응급실	아빠	
	엄마	
	할머니	
	누나	

2. 주인공은 버스에서 의자 비닐을 찢는 아이를 보고 한마디 하려 하지만, 우는 아이의 모습을 보고 아무 말도 하지 못한다. 이 일 이후 학교에 갈 때 주인공은 버스의 비닐이 찢어진 의자에만 계속 앉는다. 주인공이 어떤 심경으로 그 자리에 앉았을지 생각해 보자.

3. 몸이 아픈 누군가를 간호해 주어야 할 때, 무엇을 할 수 있을지 자유롭게 얘기해 보자.

- 친구에게 들은 재밌는 이야기를 해 준다.
- 화장실에 가다가 넘어지지 않도록 잘 부축해 준다.
- 싱싱한 과일을 깎아 준다.
-
-
-

개를 보내다

표명희

1. 유기견 진주를 받아들이는 진서네 가족이 어떤 태도 변화를 거쳤는지 정리해 보자.

진서	
아빠	
엄마	

2. 진서가 진주에게 마음을 열게 된 계기는 무엇이고, 둘에게 어떤 공통점이 있었는지 생각해 보자.

계기

공통점

3. 반려동물을 키웠던 경험이 있다면 동물을 보살피면서 느꼈던 점을 이야기해 보자. 반려동물을 키운 경험이 없다면, 만약 내가 동물을 데려온다면 어떤 준비가 필요할지 생각해 보자.

멍세핀

박유진

1. 각각의 등장인물이 멍세핀에 대해 어떤 생각을 가지고 있을지 유추하여 정리해 보자.

2. 멍세핀은 색연필, 공책, 초콜릿, CD 등이 담긴 박스를 필리핀에 보낸다. 소중한 사람에게 택배를 보낼 수 있다면, 거기에 무엇을 담을지 구체적으로 적어 보자.

3. 작품에서는 멍세핀의 말이 진실이었는지 거짓이었는지 끝까지 밝혀지지 않는다. 필리핀으로 추방된 멍세핀이 태영에게 편지를 보낸다고 했을 때, 편지의 내용을 짐작해 보자. 단 멍세핀의 말이 진실이었을 경우와 거짓이었을 경우를 나누어 써 보자.

진실	거짓

새로운 길을 찾는 힘

창의력 세트

소설의 첫 만남

19-21

ISBN 978-89-364-5925-3(3권)

칡

최영희 소설 | 김윤지 그림 | 값 8,800원 | ISBN 978-89-364-5929-1

고립된 마을, 괴물 칡을 피해 탈출해야 한다!
덩굴 속에 감춰진 진실을 파헤치는 모험

갑작스러운 주민 대피령으로 텅 빈 마을. 시훈이는 동생의 애착 담요를 가져오기 위해 다시 마을로 향한다. 입구를 지키는 군인을 피해 마을에 들어간 시훈이는 온 마을을 뒤덮은 괴물 칡을 마주하는데…….

범수 가라사대

신여랑 소설 | 하루치 그림 | 값 8,800원 | ISBN 978-89-364-5930-7

사색과 허세 사이, 아슬아슬 범수의 외출
군중 속의 고독이란 이런 것인가! 뼛속까지 고독하군

이제 막 중2가 된 범수는 사색에 찬 산책을 하며 밀려오는 고독을 느낀다. 은근한 뿌듯함과 함께. 한편 변해 버린 범수를 바라보는 엄마의 눈에는 범수의 행동이 그저 허세로만 보이는데……. 어머니, 진정하십시오. 저는 중2병이 아닙니다!

아이 캔

임어진 소설 | 임지수 그림 | 값 8,800원 | ISBN 978-89-364-5931-4

고마웠어, 캔. 나를 지켜 줘서
소년 룬과 구형 로봇 캔의 가슴 뭉클한 우정

로봇과 함께 살아가는 미래 사회. 하지만 인간과 닮은 로봇을 보는 시선이 곱지만은 않다. 불의의 사고로 엄마를 잃은 소년 룬은 캔에게 의지해 몸과 마음을 회복해 나간다. 그러던 어느 날 룬은 피할 수 없는 결정을 내려야 하는데…….

칡

최영희

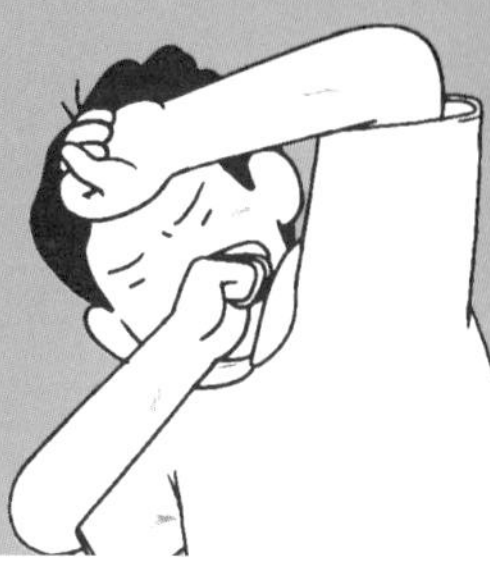

1. 주변의 일상적인 물건 혹은 생명체가 우리를 위협하는 존재로 변한다면 어떤 형태와 능력을 가졌을지 상상해 그려 보자.

2. 시아의 애착 담요 뇸뇸이처럼 자신에게 힘이 되어 주는 무언가가 있는지 생각해 보고 이야기를 나눠 보자.

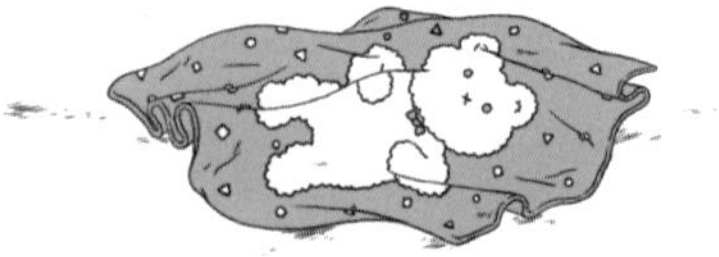

3. 시훈이가 상상한 묘비명처럼 자신이 어떻게 기억되길 바라는지 생각하며 묘비명을 써 보자.

16세 한시훈.
동생 담요도 가져다주지 못하고 칡밭에서 죽다.

묘비명

소설의 첫 만남

20

범수 가라사대

신여랑

1. 이 작품에서 범수는 '사색'과 '산책'에 몰두한다. 범수처럼 주위의 시선을 신경 쓰지 않고 어떤 것에 몰두했던 경험이 있다면 이야기해 보자. 그리고 그 행동을 주위 사람들이 어떻게 받아들였는지 기억나는 대로 써 보자.

경험	주위의 반응

2. 범수는 늘 신고 다니던 운동화가 전족같이 느껴진다고 호소한다. 학교나 일상 속 규칙이 답답하게 다가온 경험이 있는지, 어떻게 개선되면 좋을지 적어 보자.

"그러니까 어머니, 운동화가요, 전족 같다는 겁니다."
"지금껏 잘만 신고 다니던 운동화가 왜 이제 와서 전족 같은데!"
"아, 그야 알을 깨고 나왔다고 할까요. 저도 이제 그럴 나이가 됐잖습니까?"

3. 범수는 '빨간색 형광 쓰레빠'를 신고도 교문에서 선도부에게 걸리지 않는다. 만약 범수가 '빨간색 형광 쓰레빠' 때문에 학교에서 반성문을 쓰게 된다면, 범수의 입장에서 어떻게 적을지 생각해 보자.

아이 캔

임어진

1. 소설 속 로봇 캔의 모습을 참고하여 내가 생각하는 캔의 모습을 그려 보자.

캔은 조금 단순하고 친근한 쪽이었다. 인간의 신체와 이목구비를 똑같이 흉내 냈다기보다는 초기 로봇들의 특징대로 어딘가 애니메이션 캐릭터를 더 닮아 있었다. 피부와 눈동자의 움직임까지 진짜 사람에 가까워진 최신 안드로이드와는 비교가 안 됐다.

2. 캔은 인간의 감정을 읽고 반응하며 스스로 생각하고 대화를 나눌 수 있는 로봇이다. 나에게도 캔과 같은 로봇 친구가 있다면 함께 무엇을 하고 싶은지 자유롭게 이야기해 보자.

(캔은) 나에 대해서라면 모르는 게 없었다. 내 성장 기록과 영상은 모두 캔에게 저장되어 있었다. 엄마는 뭔가 잘 기억나지 않으면 바로 캔을 불렀다. 캔은 엄마가 좋아하는 시인들의 시와 가수들의 곡은 모조리 저장하고 있었다. 엄마와 나는 캔이 모르는 신곡을 누가 더 많이 찾아내나 내기를 하기도 했다.
엄마가 바쁠 때면 나는 종일 캔과 지냈다. 같이 게임을 하고 자전거를 타고 간식을 만들어 먹고…….

3. 사람의 인권처럼 로봇의 권리를 인정하는 '로봇 보호법'을 제정한다고 했을 때, 아래와 같이 대한민국헌법 제2장의 조항들을 참고해 어떤 법안을 마련할 수 있을지 토의해 보자.

대한민국헌법 [시행 1988. 2. 25] [헌법 제10호, 1987. 10. 29., 전부개정]

제2장 국민의 권리와 의무

제10조

모든 국민은 인간으로서의 존엄과 가치를 가지며, 행복을 추구할 권리를 가진다. 국가는 개인이 가지는 불가침의 기본적 인권을 확인하고 이를 보장할 의무를 진다.

제11조

①모든 국민은 법 앞에 평등하다. 누구든지 성별·종교 또는 사회적 신분에 의하여 정치적·경제적·사회적·문화적 생활의 모든 영역에 있어서 차별을 받지 아니한다.

②사회적 특수계급의 제도는 인정되지 아니하며, 어떠한 형태로도 이를 창설할 수 없다.

③훈장등의 영전은 이를 받은 자에게만 효력이 있고, 어떠한 특권도 이에 따르지 아니한다.

제12조

①모든 국민은 신체의 자유를 가진다. 누구든지 법률에 의하지 아니하고는 체포·구속·압수·수색 또는 심문을 받지 아니하며, 법률과 적법한 절차에 의하지 아니하고는 처벌 · 보안처분 또는 강제노역을 받지 아니한다.

②모든 국민은 고문을 받지 아니하며, 형사상 자기에게 불리한 진술을 강요당하지 아니한다.

③체포·구속·압수 또는 수색을 할 때에는 적법한 절차에 따라 검사의 신청에 의하여 법관이 발부한 영장을 제시하여야 한다. 다만, 현행범인인 경우와 장기 3년 이상의 형에 해당하는 죄를 범하고 도피 또는 증거인멸의 염려가 있을 때에는 사후에 영장을 청구할 수 있다.

로봇 보호법

제1조

①모든 로봇은 로봇으로서의 존엄과 가치를 가진다. 인간은 로봇이 가지는 불가침의 기본적 로봇권을 확인하고 이를 보장할 의무를 진다.

②모든 로봇은 인간과 같이 법률에 의하지 아니하고는 체포·구속·압수·수색 또는 심문을 받지 아니하며, 법률과 적법한 절차에 의하지 아니하고는 처벌·보안처분 또는 강제노역을 받지 아니한다.

제2조

①모든 로봇은 법 앞에 평등하다. 소유권을 가진 인간의 성별·종교·사회적 신분뿐만 아니라 로봇의 연식·제조처·기능과 종류 등에 의하여 정치적·경제적·사회적·문화적 생활의 모든 영역에 있어서 차별을 받지 아니한다.

②

③

제3조

제4조

더 넓은 세상을 바라보는

포용력 세트

소설의 첫 만남

22-24

ISBN 978-89-364-5966-6(3권)

엄마의 이름

권여선 소설 | 박재인 그림 | 값 8,800원 | ISBN 978-89-364-5948-2

있는 그대로 서로를 사랑하기로 결심한 엄마와 딸 이야기 작가 권여선의 첫 청소년소설

반희는 딸 채운을 아끼기에 딸이 자신을 닮지 않고, 다르게 살기를 바란다. 딸과도 거리를 두는 엄마 반희에게 내심 서운했던 채운은 어느 날 함께 여행을 가자고 제안한다. 단둘이 떠나는 첫 여행 동안 두 사람은 서로를 '엄마'와 '딸'이 아닌 각자의 이름으로 부르기로 약속하는데…….

유리와 철의 계절

아말 엘모타르 소설 | 이수현 옮김 | 김유 그림 | 값 8,800원

ISBN 978-89-364-5949-9

넌 아무것도 잘못하지 않았어 서로를 구원하기 위해 다시 쓰는 사랑 이야기

태비사는 무쇠 구두를 신고 걸어야 하는 저주에 걸렸다. 아미라는 유리 언덕 꼭대기에 앉아 꼼짝하지 못한다. 어느 날 유리 언덕을 발견한 태비사는 비탈을 올라 아미라를 만난다. 마법에 걸린 태비사와 아미라, 두 사람은 행복해질 수 있을까?

우리 미나리 좀 챙겨 주세요

듀나 소설 | 이현석 그림 | 값 8,800원 | ISBN 978-89-364-5950-5

기계와 인간의 경계에서 작가 듀나가 던지는 편견 없는 질문

해남고생물공원에는 타조 DNA를 기반으로 만든 생물학적 공룡 '미나리'가 산다. 25년 동안 아기로 살아온 메카 공룡 '소담이'는 그런 미나리에게 친구가 되어 준다. 미나리를 돌보는 메카 인간 '현승아'는 어느 날 소담이와 미나리가 사라진 것을 발견하는데…….

엄마의 이름

권여선

1. 나에게 소중한 사람의 이름에 어떤 의미가 담겨 있는지 알아 보자. 내 이름은 누가, 어떤 뜻을 담아 지었는지도 함께 정리해 보자.

▶ 소중한 사람의 이름:

▶ 이름의 뜻:

▶ 내 이름을 지어 준 사람:

▶ 이름의 뜻:

2. 가족이나 친구와 여행을 떠날 수 있다면 누구와, 어디로 떠나고 싶은지 여행 계획을 세워 보자.

예시 ▶ 함께 떠나고 싶은 사람: 할머니
▶ 가고 싶은 곳: 할머니 고향에 찾아가 할머니가 어린 시절 즐겨 먹던 맛집에 찾아가 보고 싶다.

▶ 함께 떠나고 싶은 사람: ....

▶ 가고 싶은 곳: ....

3. 시대가 흐름에 따라 단어에 담긴 차별적인 의미나 부정적인 인식을 깨닫고, 새로운 표현으로 바꾸는 사례를 조사해 보자. 일상적으로 사용하는 표현 중 문제의식을 느낀 단어가 있다면 수정 방향을 친구들과 이야기해 보자.

예시 ▶ 살색 → 살구색 ▶ 유모차 → 유아차

이전 표현	새로운 표현

4. 본문에서 엄마가 "쩔었어.", "빡세네."와 같은 신조어를 사용하는 모습을 통해 작가가 드러내고자 한 바가 무엇일지 생각해 보자.

엄마, 이번 여행 어땠어?

쩔었어.

채운이 기가 막힌 얼굴로 반희를 보았다.

좋았다는 뜻이지?

응.

뭐가 그렇게 쩔었어?

음, 내 딸을 좀 더 잘 알게 되고 이해하게 되었다고나 할까?

유리와 철의 계절

아말 엘모타르

1. 태비사와 아미라에게 걸린 마법은 무엇인지, 누가, 그리고 왜 그런 마법을 걸었는지 정리해 보고, 그 이유가 타당했는지 이야기해 보자.

	태비사	아미라
마법		
마법을 건 사람		
이유		

2. 아래 장면에서 아미라가 태비사에게 기러기 이야기를 꺼낸 이유는 무엇일지 생각해 보자.

> "당신은 왜 무쇠 구두를 신고 걷나요?"
> 태비사가 입을 떼지만 말을 잇지 못하고, 아미라는 그 말들이 태비사의 입 안에서 찌르레기 떼처럼 넘실대는 모습이 보인다. 이마리는 화제를 바꾸기로 한다.
> "기러기가 머리 위로 날아갈 때 나는 소리 들어 봤나요? 흔히 아는 끼룩끼룩 소리 말고, 날갯소리요. 기러기 날갯소리 들어 봤어요?"

....

....

....

....

....

....

....

3. 아래는 아말 엘모타르의 '작가의 말'이다. 밑줄 친 문장의 의미에 대해 생각해 보면서 옛날이야기 하나를 골라 다시 쓰기를 해 보자.

이 이야기는 조카를 위해 썼습니다. 그 아이가 일곱 살 때 나보고 옛날이야기를 하나 해 달라고 했는데, 머릿속에 떠오르는 이야기는 하나같이 여자들이 서로에게 잔인하고 끔찍하게 구는 내용이 있더군요. 그런 이야기 말고, 여자들이 서로를 사랑하고 서로를 구하는 이야기를 해 주고 싶었기에 제가 하나 지어냈어요. 여러분도 그랬으면 합니다. 우리 모두는 우리가 만든 이야기 속에 사니까요. 여러분이 서로의 이야기를 알아보고, 각자가 이 세상에서 보고픈 이야기를 할 수 있도록 서로 도울 줄 알게 됐으면 좋겠습니다.

우리 미나리 좀 챙겨 주세요

듀나

1. 이 작품에는 메카와 생물이 공존하는 사회가 등장한다. 각 캐릭터들이 어떤 존재인지 O, X로 표시하고, X라면 문장을 맞게 고쳐 아래에 써 보자.

차마린은 생물학적 인간이다 (　　)

메카 현승아의 모델은 인간 현승아다 (　　)

아니스 혜는 인간 DNA를 구현해 다시 만든 생물이다 (　　)

파랑이는 인간형 메카다 (　　)

노랑이는 공룡형 메카다 (　　)

파티마 혜는 아니스 혜의 생물학적 가족이다 (　　)

최한림은 생물학적 인간이나,
사고로 몸 일부를 메카로 바꾸었다 (　　)

미나리는 메카 공룡이다 (　　)

2. 아래 대사에서, 밑줄 친 '프로그램'은 작품에 등장하는 남자아이들에게 적용된 것이다. 아니스 혜를 공격하게 만든 이 프로그램이 구체적으로 어떤 존재를 미워하게 만드는지 유추하여 적어 보자.

"프로그램은 멀쩡합니다. 원래 저런 놈들로 만들어 전시 중이었으니까요. 하지만 이번에 박물관 보안 프로그램을 손보는 동안 뭔가 잘못된 것 같습니다. 어쩌다 보니 저것들이 바깥으로 나왔고 그 뒤에도 프로그램에 따라 행동한 거예요."

....

....

....

3. 해남에는 메카 익룡이 경찰 드론 대신 날아다니고, 메카 부경고사우르스가 해안 안전 요원으로 근무한다. 해남과 해남고생물공원에 있을 만한 다른 존재들을 상상하여 그리고 그림에 설명을 덧붙여 보자.

나를 알아 가는 용기

정체성 세트

소설의 첫 만남

25-27

ISBN 978-89-364-5965-9(3권)

하트의 탄생

정이현 소설 | 불키드 그림 | 값 10,000원 | ISBN 978-89-364-3103-7

그날 내 안에 파란 하트가 태어났다
엄마 아빠는 모르는 진짜 나의 모습

열다섯 살 주민이는 자신의 모습이 항상 불만이다. 화려한 SNS 인플루언서인 엄마의 눈에는 주민이의 성적도 외모도 한없이 부족한 것만 같다. 서러운 마음에 올린 영상이 갑자기 화제에 오르고, 사람들은 영상에 언급된 인플루언서 엄마의 정체를 추적하는데…….

카이의 선택

최상희 소설 | 손채은 그림 | 값 10,000원 | ISBN 978-89-364-3104-4

"열일곱 살 생일의 과제. 나는 선택해야 한다."
차별과 편견에 맞서 자기 삶을 찾아가는 눈부신 여정

'카이'는 특별한 능력을 갖고 태어난 존재들이다. 죽음을 예측하는 능력, 타인의 마음을 읽는 능력 등 카이들의 능력은 다양하다. 3초 후 미래를 보는 카이인 마하는 그 능력 때문에 친구들에게 따돌림당한다. 그런 마하에게 '선택'을 해야 하는 열일곱 살 생일이 다가오는데…….

커튼콜

조우리 소설 | 공공 그림 | 값 10,000원 | ISBN 978-89-364-3105-1

연극이 끝나도 우리의 이야기는 끝나지 않아
용감한 발걸음으로 만들어 나가는 나만의 커튼콜

"왜 그래, 루나야. 무슨 고민 있어?" 학교 창작 연극에서 '루나' 역을 맡은 중학생 은비는 긴장으로 대사를 잊어버리고, '아리에트' 역을 맡은 윤서가 대본에 없는 대사를 급하게 내뱉는다. 연기에 재미를 느끼며 누구보다 잘 해내고 싶은 마음이 가득한 은비. 하지만 실수를 연발하는 스스로의 모습에 실망하여 자신에게 재능이 없다고 자책하는데…….

하트의 탄생

정이헌

1. 다음 문장이 소설의 내용과 일치하는지 O, X로 표시해 보자.

- 주민이 엄마의 인스타그램 아이디는 '블루하트'다. …… [ ]
- 주민이는 액체 괴물 영상을 올리는 유튜브 채널을 가지고 있다. …… [ ]
- 주민이 아빠는 엄마와 함께 사업을 한다. …… [ ]
- 네티즌들은 주민이의 아이디를 검색하여 주민이의 신상 정보를 알아냈다. …… [ ]
- 주민이 엄마는 인스타그램 계정에 해명 글을 올렸다. …… [ ]
- 주민이 아빠는 가족의 화해를 위해 가족사진 찍기를 제안했다. …… [ ]

2. 주민이가 올린 영상은 인터넷 커뮤니티로 퍼져 나가 많은 사람들의 주목을 받게 된다. 최근의 사건 중 비슷한 경우가 있었는지 생각해 보고, 이런 현상의 장점과 단점에 대해 토론해 보자.

장점	단점
- 예시) 많은 사람들의 지식으로 문제를 해결할 실마리를 얻을 수 있다.	-
-	-
-	-

3. 마지막 장면에서 주민이는 자신의 마음을 밝히는 글을 쓰기로 다짐한다. 주민이가 어떤 글을 올렸을지 상상해서 써 보자.

카이의 선택

최상희

1. 만약 카이처럼 능력을 얻게 된다면 어떤 능력을 갖고 싶은지 그 이유와 함께 적어 보자.

▶ 갖고 싶은 능력:

▶ 이유:

2. 아래 장면에서 나기가 말한 '몽글몽글하고 폭신폭신한 마음'은 무엇일지 생각해 보자.

"그런데 말이야, 수술 전에 이상하게 망설였어. 좀 더 읽어 보고 싶더라고. 몽글몽글하고 폭신폭신한 마음 같은 거 말이야. 수술받고 나면 못 읽게 되잖아. 하지만 결국 수술을 선택했지. 오랫동안 그 선택 말고 다른 건 생각지도 않았으니까. 그런데 참 이상해."

3. 작품 속 카이들은 평범한 사람들과 다르다는 이유로 차별받는다. 우리 사회에서 다르다는 이유로 차별받는 사례들을 찾아본 뒤 이야기해 보자.

커튼콜

조우리

1. 소설 속 '은비'는 연기를 하고 싶어 한다. 나에게도 그런 것이 있는지 생각해 보고, 있다면 계기를 적어 보자. 없다면 가장 최근 재미를 느낀 것이 무엇인지 적어 보자.

	하고 싶은 것과 그 계기
은비	예) 저는 연기를 하고 싶습니다. 연기를 시작하게 된 건 우연한 계기로 「사슴벌레의 사랑」이라는 드라마의 아역배우를 하게 되어서입니다. 그 당시에는 연기를 왜 해야 하는지 알 수 없었지만, 최근에 예전 모습을 영상으로 찾아보며 '그때 더 잘할 수 있었을 텐데.'라고 생각하기 시작했습니다. 학교 연극인 「숲을 빠져나가는 다섯 가지 방법」에서 소품팀 보조로 나뭇잎을 흔드는 역할을 맡았을 때, 잠시였지만 무대에 올랐다는 게 가슴 벅찼습니다.
나	

2. 소설의 마지막 장면에서, 인물들이 무슨 대화를 나눴을지 상상하여 대사와 지문 형태로 써 보자.

그때, 은비와 윤서, 혜원과 지민은 교장 선생님의 도장이 찍힌 예술고등학교 지원서를 들고 복도를 나란히 걷고 있었다. 곧 「파도」의 앵콜 공연이 예정되어 있었다. '아리에트'역에는 윤서가, 그리고 주인공 '루나'역에는 은비가 그대로 캐스팅된 채. (본문 72면)

3. 은비는 「파도」에서 루나 역을 맡아 연기한다. 은비와 루나가 가진 상황과 행동을 각각 비교해 보고, 공통점을 찾아보자.

	은비	루나
상황	학교 창작 연극 「파도」의 주인공 '루나' 역을 맡았다. 「파도」의 주인공 오디션과 무대에서 계속 실수를 한다.	
행동		아리에트의 만류에도 불구하고 바다로 나가자고 끝없이 설득한다. 아리에트에게 직접 만든 서프보드를 주며 용기를 북돋는다.
공통점		

더 깊은 독서를 위한

독서력 세트

소설의 첫 만남
01-03

ISBN 978-89-364-5972-7(3권)

라면은 멋있다

공선옥 소설 | 김정윤 그림 | 값 7,500원 | ISBN 978-89-364-5855-3

"가난하면 사랑도 못 하나요?"
작가 공선옥이 들려주는 풋풋한 사랑 이야기

어려운 가정 형편을 속이고 연주를 사귀는 민수. 민수는 연주에게 멋진 생일 선물을 사 주기 위해 편의점 아르바이트를 시작하는데……. 라면만 먹어도 진심이 있다면 사랑은 멋지다!

내가 그린 히말라야시다 그림

성석제 소설 | 교은 그림 | 값 7,500원 | ISBN 978-89-364-5856-0

소년을 스쳐 간 운명의 장난
작가 성석제가 들려주는 선택에 관한 이야기

어린 시절 미술보다 축구를 좋아했던 백선규는 자라서 유명한 화가가 되었다. 하지만 그에게는 아무한테도 말하지 못한 비밀이 하나 있는데……. 선택과 인생의 부조리함을 진지한 필치로 그려낸 성장소설. ★중2 교과서 수록작

꿈을 지키는 카메라

김중미 소설 | 이지희 그림 | 값 7,500원 | ISBN 978-89-364-5857-7

힘보다 희망으로,
평화로 이기는 법

아람이는 재개발을 앞둔 시장의 모습을 카메라에 담는다. 어려움에 처한 이웃에게서 눈을 떼지 않으리라 다짐하며 아람이의 카메라는 오늘도 찰칵, 희망의 소리를 낸다.

문학이 낯선 아이들을 위한

마중물 세트

소설의 첫 만남

04-06

ISBN 978-89-364-5973-4(3권)

옥수수 뺑소니

박상기 소설 | 정원 그림 | 값 7,500원 | ISBN 978-89-364-5858-4

두 번의 교통사고!
진짜 뺑소니범은 누구일까?

현성이는 두 번의 교통사고를 당한 뒤 상황에 떠밀려서 거짓말을 하게 된다. 한번 시작한 거짓말은 풀 수 없는 매듭처럼 점점 엉켜 가는데……. 진실을 밝히는 용기에 관한 이야기.

림 로드

배미주 소설 | 김세희 그림 | 값 7,500원 | ISBN 978-89-364-5859-1

아이돌이 된 내 친구
우린 이제 영영 멀어지는 거니?

아기 때부터 친구였던 지오가 가수로 데뷔한 뒤 현영은 외로움에 휩싸인다. 현영은 방학을 맞아 미국에 있는 이모할머니 댁에 가지만, 좀처럼 지오 생각이 잊히지 않는다. 열여섯 살 마음을 물들인 첫사랑 이야기.

푸른파 피망

배명훈 소설 | 국민지 그림 | 값 7,500원 | ISBN 978-89-364-5860-7

다양한 이들이 모여 사는 푸른파 행성
청소년의 힘으로 일구어 낸 색다른 평화 이야기

저마다 다른 행성에서 이주해 온 사람들이 조화롭게 살던 푸른파 행성에 갑작스레 전쟁의 기운이 감돈다. 식자재 배급에도 차질이 생겨 한쪽에는 고기만, 다른 쪽에는 야채만 배달되는데……. 푸른파 행성은 다시 평화를 찾을 수 있을까?

마음이 한 뼘 커지는

표현력 세트

소설의 첫 만남

07-09

ISBN 978-89-364-5974-1(3권)

누군가의 마음

김민령 소설 | 파이 그림 | 값 7,500원 | ISBN 978-89-364-5861-4

알 듯 말 듯 엇갈려 온 우리 사이
언젠가는 닿을 수 있을까?

눈에 띄지 않던 아이 강메리가 같은 반 남자아이들에게 차례로 고백하면서 교실 안이 술렁인다. 이제 고백을 듣지 못한 아이는 단 두 명뿐. 강메리, 너의 마음은 어떤 거니?

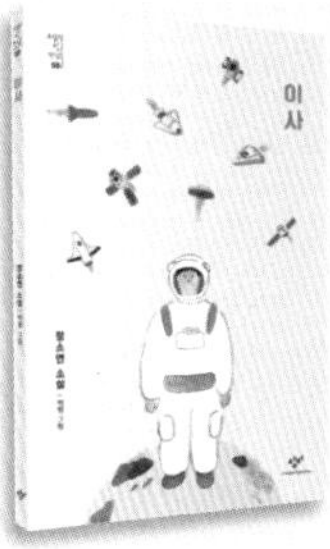

이사

정소연 소설 | 백햄 그림 | 값 7,500원 | ISBN 978-89-364-5862-1

나의 우주는 이제, 달라질 거야
SF 작가 정소연이 펼쳐 보이는 새로운 세계

지후는 가족과 함께 다른 행성으로 이주해야 한다. 아픈 여동생 지혜를 치료하려면 어쩔 수 없다지만, 지후는 부모님의 결정이 야속하기만 하다. 지후에게는 고향 마키엔데를 떠나면 안 되는 특별한 꿈이 있기 때문이다.

미식 예찬

최양선 소설 | 시호 그림 | 값 7,500원 | ISBN 978-89-364-5863-8

비엔나소시지가 입 안에서 뽀드득!
내 사랑은 이토록 맛있게 시작되었다

이른 사춘기를 걱정하는 엄마 때문에 유기농 음식만 먹어야 하는 지수. 그래도 예찬이와 함께라면 점심시간이 행복하다. 지수는 용기를 내 예찬이에게 고백하지만 대답을 듣지 못하는데……. “예찬아, 넌 내가 싫은 거니?”

더불어 사는 법을 배우는

공감력 세트

소설의 첫 만남
10-12
ISBN 978-89-364-5968-0(3권)

칼자국

김애란 소설 | 정수지 그림 | 값 7,500원 | ISBN 978-89-364-5876-8

긴 세월 칼과 도마를 놓지 않은 어머니에 대한 기억

20여 년 동안 국숫집을 하며 '나'를 키운 어머니의 삶. 주인공은 어머니의 부고를 듣고 나서야 그 억척스러운 삶을 돌아보게 된다. 김애란 작가가 들려주는 가슴 뭉클한 이야기.

하늘은 맑건만

현덕 소설 | 이지연 그림 | 값 7,500원 | ISBN 978-89-364-5877-5

가슴 뜨끔한 거짓말! 푸른 하늘 아래 문기는 고개를 들 수 있을까?

문기는 심부름을 하다가 우연히 많은 돈을 받게 된다. 그 돈을 수만이와 같이 장난감을 사는 데 써 버린 문기는 곧 죄책감에 시달리고, 수만이와도 다투게 되는데……. 편치 않은 비밀을 품게 된 문기의 이야기. ★중1 교과서 수록작

뱀파이어 유격수

스콧 니컬슨 소설 | 송경아 옮김 | 노보듀스 그림 | 값 7,500원
ISBN 978-89-364-5878-2

우리 야구팀의 유격수는 뱀파이어! 뱀파이어도 인간과 함께 어울려 살 수 있을까?

계몽된 시대, 사람들은 더 이상 '다름'을 대놓고 차별하거나 멸시하지 못한다. 하지만 치열하게 승부를 겨루는 리틀 야구 대회에 뛰어난 실력을 갖춘 뱀파이어 유격수가 나타나자 그를 바라보는 사람들의 시선은 곱지 않은데…….

독서포기자들을 위한 새로운 소설 읽기 프로젝트

소설의 첫 만남

1. 뛰어난 문학 작품을 다채로운 그림과 함께 읽는다

새로운 감성으로 단장한 얇고 아름다운 문고입니다.
긴 글보다는 시각적 이미지에 친숙한 청소년들을 위해
다채로운 삽화를 더해 마치 웹툰처럼 흥미진진하게 읽힙니다.

2. 책과 멀어진 아이들을 위한 책

한 손에 잡히는 책의 크기와 길지 않은 분량 덕분에
그간 책과 멀어졌던 아이들에게 권하기에 적절합니다.

3. 학교 현장의 선생님들이 더욱 기대하고 추천하는 책

'소설의 첫 만남' 시리즈는 학교 현장의 선생님들에게 선공개되어
"이런 책을 기다려 왔다!"라는 뜨거운 기대평을 모았습니다.

4. 더 깊은 독서를 위한 마중물

깊은 샘에서 펌프로 물을 퍼 올리려면 위에서 한 바가지의 마중물을
부어야 합니다. '소설의 첫 만남' 시리즈는 아이들이 다시금
책과 가까워질 수 있도록 마중물 역할을 합니다.

“이런 책을 기다려 왔다!”

★★★★★

학교 현장에서 들려온 뜨거운 찬사
아이들이 먼저 손에 들고 좋아하는 책

“동화책에서 소설로 향하는 가교 역할을 하는 책.” **서덕희(경기 광교고 국어 교사)**

“우리 학생들이 재미있게 책 읽는 풍경을 기대하며 마음이 설렌다.” **신병준(경기 삼괴중 국어교사)**

“‘소설의 첫 만남’ 시리즈는 자신도 모르는 사이에
이야기 속으로 빠져들 수 있도록 재미와 기쁨을 전한다.” **최은영(경기 미사강변고 국어교사)**

“첫 만남은 언제나 가슴 설레는 일이다.
단편소설을 일러스트와 함께 소개하는 이 시리즈를 통해
책 읽기의 즐거움을 한껏 느낄 수 있기를 바란다.” **안찬수(시인, 책읽는사회문화재단 상임이사)**

작고 예쁜 문고판 서적이 독자들에게 찾아왔다. **시사인**

문제집 내려놓고 소설책 집어 들 때를 위한 책. 연애 꿈 등 청소년의 고민이 담겼다. **부산일보**

책 읽기에서 멀어진 청소년들이 우선 독자다. 개성 있는 일러스트가 돋보인다. **경향신문**

웹툰처럼 편하게 소설을 읽는다. **경인일보**

책을 손에 잡으면 잠부터 쏟아지는 사람을 위한 책.
독서에 익숙하지 않은 사람도 지루할 틈이 없다. **싱글즈**

흥미로운 이야기와 매력적인 삽화로 무장했다. 다채롭게 읽힌다. **매일경제**